프란츠 베르펠 Franz Werfel

1890년 체코 프라하에서 태어난 베르펠은 고등학교 시절부터 시를 발표하기 시작했다. 함부르크의 운송회사에서 사회생활을 시작한 베르펠은 얼마 뒤 라이프치히의 한 출판사ᄋ   ᄉ 편집자로 일하는 틈틈이 ᄉ   3년 사이에『세상 친구』『ᄋ   탁월한 표현주의 시인의 출ᄋ   는 베르펠을 '다음 세대'를 이ᄋ   에게 세계적 명성을 안겨준 ᄋ   ᄉ ᄉᄋ(1924)이다. 음악가 베르디에 대한 깊은 존경과 사랑으로 씌어진 이 소설은 오페라 역사상 위대한 작품으로 손꼽히는「오텔로」가 작곡된 과정을 담고 있다.

작곡가 구스타프 말러의 미망인 알마 말러와 결혼해 오스트리아 빈에서 거주하고 있던 베르펠은 1938년 나치의 유대인 박해를 피해 프랑스로 도피했고, 1940년 도보로 피레네 산맥을 넘은 뒤 미국으로 망명했다. 망명 전까지 장편소설『고등학교 동창회』(1928),『바바라 혹은 깊은 신앙』(1929),『나폴리의 형제자매』(1931),『무사 닥에서의 사십 일간』(1933),『예레미아. 주님의 목소리를 들으라』(1937),『횡령된 천국』(1939) 등을 펴냈다. 희곡 작가로도 명성이 높아 1944년에 발표한『야코봅스키와 대령』은 여러 차례 영화로 만들어지기도 했다. 대표작 중 하나로 꼽히는『열푸른색 잉크로 쓴 여자 글씨』(1941)는 남프랑스에서 쓰기 시작해 망명지인 미국에서 완성, 발표한 작품이다. 또 다른 대표작『베르나데트의 노래』(1941)는 배우 제니퍼 존스의 출연으로 영화화되면서 널리 알려졌고, 여러 언어로 번역되었다. 1945년 세상을 떠났다.

옮긴이 윤선아

이화여대 기독교학과와 동 대학원을 졸업하고 한국신학연구소에서 일했다. 독일 튀빙엔 대학에서 신학을, 뮌헨 대학에서 '외국어로서의 독어'를 공부했다. 현재 독일에 살면서 전문 번역가로 일하고 있다. 신학과 영성에 관한 다수의 역서 외에도 루이제 린저의『미리암』, 토마스 베른하르트의『비트겐슈타인의 조카』등의 소설 작품을 번역했다.

옅푸른색 잉크로 쓴 여자 글씨

옅푸른색 잉크로 쓴 여자 글씨

프란츠 베르펠 장편소설 | 윤선아 옮김

차례

1장

10월 속의 4월 날씨

우편물은 아침 식사가 차려진 식탁 위에 놓여 있었다. 상당히 많은 양의 편지였다. 레오니다스가 얼마 전에 쉰 살 생일을 맞았기 때문에 뒤늦게나마 행운을 비는 편지들이 아직도 매일같이 배달되고 있었던 것이다. 레오니다스는 이름이 정말 레오니다스였다. 아이에게는 부담을 안겨주는 이 영웅 이름을 지어준 사람은 그의 아버지였다.* 아버지는 그에게 레오니다스라는 이름 외에 『그리스-로마 고전 전집』과 십 년 치의 『튀빙엔 고전어학 연구』라는 잡지만을 유산으로 남기고 떠난 가난한 고등학교 교사였다. 레오니

---

* 레오니다스는 스파르타의 왕(재위 BC 487~BC 480)으로, 페르시아군이 침입했을 때 스파르타 군과 테스피스 군대를 이끌고 테르모필래를 지키다 전원이 전사했다. 이후 레오니다스는 그리스의 국민적 영웅이 되었다.(옮긴이 주)

다스라는 장중하고 엄숙한 이름은 다행히도 아주 단순하고 평범한 이름인 레오로 쉽게 바꾸어 부를 수 있었다. 그의 친구들은 모두 그를 레오라고 불렀으며, 아멜리는 단 한 번도 그를 레온이라는 이름 외의 다른 이름으로 부른 적이 없었다. 바로 지금도 그녀는 약간 저음인 목소리로 '레온'의 두번째 음절인 '온'에 멜로디가 담긴 길고 끝이 약간 높은 억양을 붙이고 있었다. "레오온, 당신은 정말 참아주기 힘들 정도로 인기가 좋은 사람이에요. 축하 편지가 적어도 열두 통은 또 온 것 같으니 말예요." 레오니다스는 자기가 화려한 출세 가도의 최정상에 도달하면서 동시에 쉰 살을 맞이하는 데 성공했다는 사실이 계면쩍은 듯, 사과라도 해야겠다는 표정으로 아내를 향해 미소를 지었다. 몇 달 전 그는 교육부의 차관 자리에 앉았고, 이로써 이 나라를 실제로 다스리는 사오십 명 관리 중의 한 사람이 되었다. 그는 노동이라고는 전혀 모르는 희고 잘 다듬어진 손을 뻗어 식탁 위에 쌓인 편지들을 건성으로 만지작거렸다.

아멜리는 숟가락으로 자몽 한 개를 천천히 파먹고 있었다. 그녀의 아침 식사는 그게 전부였다. 그녀가 어깨에 걸쳤던 숄은 아래로 흘러내려와 있었다. 그녀는 몸에 착 달라붙는 까만색 보디슈트를 입고 있었는데, 이걸 입고 매일 규칙적으로 체조를 했다. 테라스로 통하는 유리문이 반쯤 열려 있었다. 10월치고는 꽤 따뜻한 날씨였다. 레오니다스가 앉은 식탁 자리에서는 빈 서쪽 외곽의 수많은 정원 너머 산까지 내다볼 수 있었다. 그 산자락에서 수도 빈이 서서히 끝나고 있었다. 그는 날씨가 어떤지 유심히 살펴보았다. 날씨가 좋아야 몸이 편안하고 또 정력적으로 일할 수 있는 그에게는 날씨의 역할이 아주 중요했다. 세상은 오늘 변덕스럽게 억지로 젊어 보여, 마치 4월의 하루와도 같은 그런 따뜻한 10월의 하루로 그 모습을 드러내고 있었다. 교외의 포도밭 언덕 위로 눈처럼 하얗고 가장자리가 분명한 뭉게구름이 빠른 속도로 움직였다. 구름이 끼지 않은 곳의 하늘은 봄날의 벌거벗은 푸르름을 띠고 있었는데, 이 계절에 염치없다고 할 수 있을 정도였다. 테라스 앞의 정원은 빛바랠 기미가 거의 없이 여름의 모습을 질기고 고집스럽게 유지하고 있었다. 골목길에서 뛰노는 사내아이들처럼 장난기 많은 작은 바람이 나무에 아직 단단히 붙은 잎사귀를 제멋대로 이리저리 흔들었다.

날씨가 꽤 좋군. 걸어서 출근해야겠어. 레오니다스는 이렇게 생각했다. 그러면서 그는 또다시 미소를 지었다. 그렇지만 이번에 그가 지은 미소는 신바람과 냉소가 섞인 미묘한 것이었다. 레오니다스는 마음속에 확실한 만족감이 들 때마다 늘 그렇게 냉소적이면서도 신바람이 난 미소를 짓곤 했다. 건강하고 틀이 잘 잡힌 몸매를 가진 남자들, 그러니까 잘생긴 남자들, 인생에서 높은 지위에 도달하는 데 성공한 많은 남자가 그렇듯이 그 역시 이른 아침 시간이면 유난히 큰 만족감을 느끼면서 세상사의 굴곡에 아무런 거리낌 없이 동의하곤 했다. 아침에 잠자리에서 일어나면 밤의 공허로부터 벗어나와 새롭게 조금씩 경탄하는 과정을 거쳐 마침내 자기가 정말 성공적인 인생을 살고 있다는 사실을 완전히 의식하기에 이르는 것이다. 그리고 그가 이룩한 이 성공은 정말 남한테 자랑할 만한 것이었다. 그는 가난한 8급 고등학교 교사의 아들이었다. 그럴듯한 집안도 아니고 이름도 없는, 아니 더 고약하게도 허풍만 잔뜩 든 레오니다스라는 이름을 무거운 짐처럼 등에 짊어진 아무것도 아닌 사람이었다. 대학 시절은 또 얼마나 우울하고 추웠는지! 장학금의 도움으로 그리고 돈 많고 뚱뚱하게 살찐 머리 나쁜 남자아이들을 가르치는 가정교사로 일하면서 겨우 연명했었지. 식사시간이 되어 게으른 제자 아이가 식탁으로 불려갈 때면 식욕과 허기 때문에 깜빡거리는 눈을 자제하기가 얼마나 어려웠는지! 그러나 그의 빈 옷장에는 연미복 한 벌이 걸려 있었다. 일종의 유산 같은 것으로 그의 몸에 맞게 몇 군데 조금씩 손보긴 해야 했지만, 흠잡을 데라곤 전혀 없는 새 연미복이었다. 기숙사 바로 옆방에 살던

대학 친구가 유서에 분명하게 써서 레오니다스에게 남겨 준 것이었다. 어느 날 저녁 그 친구는 자신의 방에서 아무런 예고도 없이 자기 머리에 총알 한 발을 쏴버렸다. 그 후 동화 속에서나 있을 법한 일들이 그에게 일어났다. 문제의 호사스러운 연미복이 가난한 대학생인 레오니다스의 인생 행로에 결정적인 역할을 했기 때문이다. 연미복의 원래 주인은 '머리 좋은 이스라엘인'(마음을 불편하게 하는 것들을 솔직하게 표현 못하는 섬세한 성격의 레오니다스는 그 친구를 속으로도 이렇게 조심스러운 말로 불렀다)이었다. 말이 나온 김에 하는 이야기지만, 그 친구 같은 유대인들이 당시 처해 있던 상황은 정말 놀라울 정도로 좋았기 때문에 철학적인 염세주의를 자살 동기로 내세우는 호사를 얼마든지 누릴 수 있었다.

연미복! 연미복을 소유한 사람은 무도회나 다른 사교 모임에 참석할 수 있었다. 연미복을 입은 모습이 그럴싸한데다 레오니다스처럼 천부적인 춤 솜씨까지 갖춘 사람은 금방 사람들의 호감을 샀으며, 친구 관계를 맺었고, 눈부시게 아름다운 젊은 여성들을 알게 되었으며, '제일가는 집안'에 초대받았다. 적어도 그 당시의 탄복할 만한 마법의 세계 안에서는 사정이 그러했다. 그 세계 속에는 사회적인 서열이 있었고, 그 서열 안에는 도달할 수 없는 자리가 있었으며, 그 자리는 선택된 승자의 손에 들어가게 될 날을 끈 질기게 기다리고 있었다. 가난한 가정교사의 출세 가도는 순전한 우연으로 시작되었는데, 레오니다스가 가장 성대한 무도회 가운데 한 곳의 입장권을 선물 받은 것이다. 자살한 친구의 연미복은 이렇게 하여 운명적인 효력을 발휘하게 되었다. 절망에 빠진 채 연미복을 유산으로 남긴 친구는 그 옷을 자기 목숨과 함께 내어줌으로써 운 좋은 연미복 상속자인 레오니다스가 화려한 미래를 향한 문턱을 넘어갈 수 있도록 도와준 것이다. 그리고 이 레오니다스는 답답하기만 했던 젊은 시절의 좁고 험한 길을 걸어가면서도 거만한 상류 사회의 압도적인 위세에 굴복하지 않았다. 아멜리뿐만 아니라 다른 여자들 역시 레오니다스 같은 댄스 파트너는 그때까지 단 한 사람도 없었고 또 앞으로도 결코 없을 거라고 주장했다. 이 말을 지금 꼭 해야 할 필요는 없겠지만, 어쨌든 레온의 전문 분야는 왈츠, 더 자세히 말해서 왼쪽으로 추는 왈츠였다. 춤출 때 그의 발걸음은 바닥에 닿지 않는 듯 경쾌하기 그지없었고 몸짓이 다정스러웠다. 그리고 도저히 빠져나갈 수 없도록 파트너를 단단히, 그러면서도 동시에 긴장이 풀리도록 느슨하게 붙잡아주면서 춤을 추었다. 참 별스러운 시대였던 당시에는 그래도 아직 남자들이 날개 돋친 듯 신바람 나게 투스텝 왈츠를 추면서 자신의 연애 박사 기질이나 여자의 마음을 사로잡는 능력을 자신에게 분명하게 입증할 수 있었다. 레온의 확신에 따르자면, 현대의 대중이 타인에 대해 철저하게 무관심한 자세로 좁은 자리에 모여 추는 춤은 영혼이 거의 빠져나간, 사지가 기계처럼 둔탁하고 천편일률적으로 움직이는 일에 지나지 않았다.

레오니다스가 훌륭한 춤 솜씨를 발휘하여 거두었던 이제는 흘러간 그 승리들을 기억할 때, 반짝이는 치아가 내비치고 여전히 금갈색인 작은 콧수염이 달린 그의 잘생긴 입 근처에는 신바람과 냉소가 뒤섞인 특유의 전형적인 미소가 어렸다. 그는 하루에도 몇 번씩 자기야말로 의심할 여지 없는 신들의 총아라는 생각을 하곤 했다. 만약 사람들이 그에게 어떤 '세계관'을 가지고 있는지 묻는다면 아마도 다음과 같은 생각을 솔직하게 털어놓을 수밖에 없을 터였다. 그는 우주를 하나의 거창한 행사로 여기고 있었다. 그리고 이 행사의 유일무이한 의미와 목적은 자기와 같은 신들의 총아를 저 밑바닥에서 높은 곳으로 살살 끌어올려, 그들 손에 권력과 명예, 영광 그리고 호사를 쥐여주는 데 있다고 믿었다. 그 자신의 삶이 세상사의 이 친절한 의미를 너무도 분명하게 입증해주고 있지 않는가? 초라한 대학 기숙사의 방에서 살고 있을 때, 바로 옆방에서 총알이 발사되었고 그는 아직 새것이나 마찬가지인 연미복을 물려받았다. 그러자마자 마치 작은 서사시에나 쓰여 있을 듯한 일들이 일어나기 시작했다. 사육제 때 그는 몇 개의 무도회를 찾아갔다. 단한 번도 배운 적이 없었는데도 그는 춤을 정말 멋지게 추었다. 수많은 초대장이 쏟아져 들어왔다. 일 년 후에 그는 사람들이 다투어 차지하고 싶어 하는 젊은이 중의 한 사람이 되어 있었다. 지나치게 고전적인 그의 이름을 말해주면 모든 사람의 얼굴에는 호의가 가득 담긴 미소가 어리곤 했다. 그토록 인기 있는 이중생활을 꾸리는 데 필요한 자금을 마련하는 일은 몹시 어려웠다. 하지만 그는 인내심을 가지고 부지런히 일했고, 워낙 검소한 성격이어서 어떻게든 해낼수 있었다. 그는 조기에 모든 시험에 합격했으며 훌륭한 추천서들이 관직으로 나아가는 문을 활짝 열어주었다. 그리고 관직을 맡아 일을 시작하자마자 상관들은 그를 무척이나 마음에 들어 하면서, 사람의 기분을 유쾌하게 하는 그의 겸손한 자세를 입에 침이 마르도록 칭찬했다. 몇 년도 되지 않아 그는 중앙부서로 전임되어 사람들의 큰 부러움을 샀다. 중앙부서로 진출하는 문은 실은 내로라하는 집안 출신과 정계에서 제일 좋은 연줄을 손에 쥔 집안의 자녀들에게만 열려 있었다. 그러다가 어느 날 정말 아리따운 열여덟살 처녀 아멜리 파라디니가 그에게 홀딱 반하게 되었다.

매일 아침 잠에서 깰 때마다 경탄해 마지않는 것은 정말 당연한 노릇이었다. 파라디니? 이 이름을 듣자마자 귀를 쫑긋한다면 그건 잘못이 아니다. 그렇다. 그건 정말로 전 세계의 모든 대도시에 지점을 두었던 저 유명한 백화점 파라디니, 바로 그 이름이었다(물론 그 무렵부터 큰 은행들이 점차로 주식 지분을 흡수하고 있기는 했다). 그러나 이십 년 전만 해도 아멜리는 빈에서 가장 부유한 집안의 유산을 물려받을 처녀였다. 도저히 비교가 안 될 만큼 권세 있는 유명한 귀족 집안이나 대재벌의 번쩍번쩍 빛나는 이름을 가진 아들 중의 한 사람이 아니라 가난한 라틴어 선생의 아들, 허세만 잔뜩 든 레오니다스라는 이름의 젊은이, 가진 거라곤 몸에 잘 맞는 연미복, 물려받은 사연을 알게 되면 몸이 오싹해질 그런 연미복 한 벌밖에 없는 젊은이가 아름다운 처녀 아멜리의 마음을 정복한 것이다. 그런데 '정복'이라는 단어가 이미 정확하지 않다. 그때의 일을 제대로 살펴보면, 레오니다스는 이 연애의 역사에서 구애를 한 사람이 아니라 구애를 받은 사람이었기 때문이다. 젊은 처녀 아멜리는 엄청난 부호인 그녀의 가족 모두가 격렬하게 반대했는데도 자신의 뜻을 굽히지 않고 온 힘을 다 바쳐 레오니다스와의 결혼을 관철했던 것이다.

　그리고 이제 여기 그녀 아멜리가 언제나처럼 오늘 아침

에도 그 앞에 앉아 있었다. 아멜리는 그가 거둔 인생의 큰 성공, 그것도 가장 큰 성공이었다. 그들 사이의 기본적인 관계는 변하지 않았다. 그건 참 신기한 일이었다. 어디에 있든 그리고 어디를 가든 그를 넉넉함과 따뜻함, 편안함으로 감싸주는 아멜리의 엄청난 재산에도 불구하고 그는 아직도 그녀가 자기의 사랑을 받으려고 애쓰는 쪽이고, 자기는 그 사랑을 허락하고 주는 사람이라고 느꼈다. 말이 나온 김에 하는 이야기지만, 레오니다스는 자기가 아멜리의 재산을 자기 것으로 여기지 않는다는 사실을, 그 어떤 유혹에도 넘어가지 않겠다는 듯 엄숙하게 강조하곤 했다. 그리고 처음부터 몹시도 불균등한 두 사람의 재산 사이에 확실한 경계를 그었다고 말했다. 또한 두 사람만 살기에는 안타깝게도 너무 큰 이 저택에서 그는 자기를 그저 세 들어 사는 사람으로, 하숙인 혹은 집세를 내기 때문에 어느 정도의 권리를 가진 사람으로 여긴다는 것이 그가 자주 하는 말이었다. 그는 국가에 고용된 관리로서 자기가 받는 봉급 전부를 한 푼도 제하지 않고 다 두 사람 공동의 생활비로 바쳤으니까 말이다. 결혼한 첫날부터 그는 이런 재산의 구분을 고집했다. 내막을 아는 사람들이 서로 의미심장한 미소를 주고받건 말건, 아멜리는 자기가 사랑하는 사람, 자기가 선택한 사람의 이 남자다운 자부심이 황홀할 정도로 마음에 들었다. 얼마 전 그는 삶의 절정에 도달했고 이제는 인생의 계단을 천천히 내려갈 터였다. 쉰 살인 그에게 언제나처럼 여전히 눈부시게 아름다운 서른아홉 살의 아내가 있었다. 그의 눈길이 그녀를 찬찬히 살펴보았다.

모든 것을 거리낌 없이 적나라하게 드러내는 10월의 햇빛 아래에서 아멜리의 벗은 어깨와 두 팔이 완전무결하고 하얗게 빛났다. 한 점의 기미도 솜털도 눈에 띄지 않았다. 향기를 뿜어내는 대리석 같은 살결은 워낙 귀한 집안에서 태어난 때문이기도 했지만 그녀가 온갖 미용법을 동원하여 끊임없이 가꾸고 다듬은 결과이기도 했다. 그녀는 피부 손질을 성당 미사만큼이나 중요하게 여겼다. 아멜리는 레오니다스를 위해 계속 젊고 아름다우며 날씬한 여자로 남고 싶어 했다. 무엇보다도 날씬한 게 중요했다. 그러기 위해 그녀는 자기 자신에게 끊임없이 엄격해야 했다. 이 미덕을 성취하기 위해 걸어가야 할 가파른 길에서 그녀는 단 한 걸음도 벗어나지 않았다. 그녀의 작은 가슴이 까만 보디슈트 아래에서 뾰족하고 단단하게 두드러졌다. 그것은 열여덟 살 처녀의 젖가슴이었다. 처녀 같은 저 젖가슴은 우리가 무자식이라는 희생을 치르고 얻은 대가야. 그녀의 남편은 지금 그런 생각을 하고 있었다. 그러고는 곧장 이런 생각을 하는 자기를 의아하게 여겼다. 왜냐하면 그 자신이 그저 편하게 살고 싶다는 일념으로 단 한 번도 자식을 갖고 싶다는 소원을 품어본 적이 없었기 때문이다. 그는 잠깐 동안 아멜리의 눈 속을 깊이 들여다보았다. 오늘 그녀의 눈에는 초록빛이 감돌고 있었고 또 아주 밝았다. 레오니다스는 그녀의 눈 색깔이 바뀔 수 있고 또 그것이 아주 위태롭다는 사실을 너무도 잘 알고 있었다. 어떤 때 아멜리의 눈은 날씨처럼 변화를 보였다. 한번은 그 스스로 그녀의 눈을 '변덕스러운 4월 날씨 같은 눈'이라고 부른 적도 있었다. 그런 시기에는 조심해야 했다. 도무지 아무런 이유가 없는데도 까딱하면 격한 말다툼이 일어날 기운이 집안에 감돌곤 했으니까 말이다. 그런데 아멜리의 눈은 그녀의 모든 면 중에서 그녀의 처녀 같은 자태와 이상야릇하게 모순되는 유일한 것이었다. 아멜리의 두 눈은 그녀 자신보다 더 늙어 보였다. 잘 다듬어 그린 눈썹이 두 눈을 경직되게 보이게 했다. 두 눈가에 감돌고 있는 그늘과 푸르스름한 피곤기는 그녀의 퇴락을 예감하게 하는 징조였다. 아무리 정갈하게 치운 공간이라도 어느 한구석에서는 먼지와 그을음이 쌓이듯이 말이다. 레오니다스를 붙잡고 있는 이 여자의 눈길 속에는 이미 거의 황폐해져버린 어떤 것이 깃들어 있었다.

레오니다스가 눈길을 그녀에게서 다른 곳으로 돌렸다. 그때 아멜리가 말했다. "우편물은 언제 훑어볼 생각이에요?" "아, 정말 형편없이 지루한 편지들일 거야." 그는 중얼거리며 식탁 위에 쌓인 편지 뭉치를 놀란 얼굴로 쳐다보았다. 그의 손은 망설이는 듯, 거부하는 듯 여전히 그 편지들 위에 놓여 있었다. 그런 다음 그는 마치 카드놀이 하는 사람처럼 편지들을 자기 앞에 죽 펼쳐놓고 '도착 서류'의 중요성을 재빨리 간파하는 관리의 노련함으로 훑어보았다. 모두 열한 통의 편지였는데, 그중 열 통은 타자기로 쓴 것이었다. 그래서인지 열한번째 편지의 옅푸른색 잉크로 쓴 글씨가 그의 주의를 더 강하게 끌며 경고하는 듯 유난스럽게 빛났다. 그건 선이 굵은 여자 글씨였는데, 조금은 엄격하고 각진 글씨체였다. 레오니다스는 자기도 모르게 머리를 숙였다. 얼굴이 잿빛처럼 창백해졌다는 것을 스스로 느꼈기 때문이다. 침착함을 되찾기 위해 그는 몇 초간의 시간이 필요했다. 그의 두 손은 아멜리가 이제 곧 옅푸른색 잉크로 쓴 글씨가 누구 것인지 물을 거라는 예감에 그만 얼어붙고 말았다. 하지만 아멜리는 아무것도 묻지 않았다. 그녀는 자기 그릇 옆에 놓인 신문을 유심히 들여다보고 있었다. 그러는 그녀는 최근에 일어난 위협적인 사건들을 실은 거들떠보고 싶지 않지만, 그런 자신의 마음을 극복하고 그 사건들에 관심을 기울여 살펴볼 의무가 있다고 느끼는 사람처럼 보였다. 레오니다스는 무슨 말이든 해야 할 것 같아 그냥 말했다. 그는 자신의 말투 속에 섞인 가식 때문에 목구멍이 꽉 조이는 것 같았다.

"당신 말이 맞아…… 그런데 하나같이 지루한 축하 편지들뿐이야……"

그런 다음 그는 이번에도 아까처럼 카드놀이를 오래 해온 사람의 노련한 손놀림으로 편지를 모아 남의 모범이 될만한 태평스러운 자세로 양복 주머니 안에 집어넣었다. 목소리에 비해 손은 그의 진짜 속마음을 훨씬 더 잘 감췄다. 아멜리가 신문에서 눈을 떼지 않으며 말했다. "레온, 당신만 괜찮다면 그 모든 지루한 편지에 내가 당신 대신 답장을 쓸 수도 있어요……" 하지만 그사이 레오니다스는 이미 완전히 침착함을 되찾고 식탁에서 일어나 있었다. 그는 회색 상의에 잡힌 주름을 매만져 펴고 커프스를 소매 밖으로 끄집어낸 뒤, 양손을 날씬한 허리에 얹고 발꿈치를 들어올린 채 몸을 여러 번 앞뒤로 움직였다. 그렇게 하면 뛰어나게 잘 자라 보기 좋은 자기 몸의 탄력성을 시험하고 또 즐길 수도 있다는 듯이 말이다. "여보, 당신처럼 소중한 사람에게 어떻게 비서 일을 시키겠어?" 그는 신바람과 냉소가 뒤섞인 미소를 지었다. "이런 일은 내 젊은 부하 직원들이 순식간에 처리할 수 있어. 오늘 당신에게 소일거리가 많아 심심하지 않았으면 좋겠어. 그리고 오늘 저녁에 오페라 보러 가는 거 잊지 말고……" 그는 아멜리 쪽으로 몸을 굽히고 그녀의 머리카락에 정말 다정하게 입맞춤을 했다. 아멜리는 그녀 자신보다 더 늙은 눈길로 그를 뚫어져라 쳐다보았다. 그의 갸름한 얼굴은 혈색이 좋고 신선했으며, 또 면도도 놀랍도록 잘되어 있었다. 그것은 처음 만났을 때부터 그녀의 마음을 불안하게 만들었고 또 아직도 여전히 꼼짝못하게 사로잡고 있는 매끈한 얼굴, 결코 망가뜨려지지 않을 듯한 바로 그 매끈한 얼굴이었다.

2장

똑같은 일이 되풀이되다

아멜리에게 입맞춤을 한 뒤 레오니다스는 곧장 출근하지 않았다. 그러기에는 옅푸른색 잉크로 쓴 여자 글씨가 그의 주머니 안에서 너무 뜨겁게 타고 있었다. 그는 평소 길거리에서 신문이나 편지를 읽는 사람이 아니었다. 그런 행동은 그처럼 높은 지위에 있는 저명인사에게 어울리는 일이 아니었다. 그러나 그는 지금 교육부 청사의 커다란 사무실에 앉아 아무 방해도 받지 않고 편지를 꺼내 읽을 수 있을 때까지 기다릴 순결한 인내심이 없었다. 그래서 그는 소년 시절 외설스러운 그림을 본다거나 금지된 책을 읽는 등 남한테 들켜서는 안 될 짓을 할 때마다 했던 행동을 했다. 실은 그 누구로부터도 감시 당할 일 없는 그가 불안스러운 눈으로 사방을 둘러본 뒤, 옛날 열다섯 살 때와 조금도 다름없이 이 집에서 비밀을 가장 잘 지켜주는 공간인 화장실 안으로 조심스럽게 들어가 문을 걸어 잠갔다.

그곳에서 그는 겁먹은 눈으로 한참 동안 엄격하고 각진 여자 글씨를 뚫어져라 쳐다보면서 편지를 손에 쥐고 끊임없이 이리저리 흔들어댔을 뿐 편지를 열 생각은 감히 못하고 있었다. 낭비를 모르는 간단명료한 그 글씨체는 글씨 쓴 사람의 존재를 점점 더 강하게 드러내면서 그를 쳐다보았으며, 심장에 퍼져 맥박을 마비시키는 독약과도 같이 서서히 그의 전 존재를 가득 채웠다. 베라의 글씨와 다시 한 번 대면해야 할 줄은 몰랐다. 그건 그가 온몸을 짓누르는 악몽 속에서도 더 이상 가능하다고 여기지 않았을 그런 일이었다. 아까 아무런 관심도 없던 우편물 한가운데서 그녀의 편지가 느닷없이 그를 뚫어져라 쳐다보았을 때, 그는 왜 그렇게 납득할 수 없을 정도로 깜짝 놀랐을까? 왜 그의 품위에 어울리지 않게 그토록 놀란 것일까? 그것은 인생이 시작되는 시절, 한창 젊은 시절에나 있을 법한 경악이었다. 인생의 절정에 도달한 남자, 출세 가도를 거의 완성한 남자는 그렇게 놀라면 안 된다. 다행히도 아멜리는 그가 놀랐다는 사실을 전혀 눈치채지 못했다. 어떤 이유로 그는 사지가 떨리는 게 아직 느껴질 정도로 놀란 것일까? 바보 같은 옛 시절 이야기, 젊어서 저지른 천박하고 미련한 짓거리에 불과하지 않는가 말이다. 게다가 아마도 이십 년쯤 전에 일어난 일이었다. 그는 사실 베라와의 일보다 더 많은 일에 양심의 책임을 지고 있었다. 고위 관리인 그는 매일매일 사람들의 운명을 좌우할 결정을 내릴 수밖에 없었다. 그중에는 가차 없는 형벌 같은 결정도 결코 드물지 않았다. 레오니다스처럼 높은 지위에 있으면 사람이 조금은 하느님처럼 되게 마련이다. 불행한 운명들을 야기하기도 하고 또 그런 운명들을 무시하기도 한다. 불행한 운명들은 인생의 책상으로부터 '해결 처리됨'이라는 서류 보관소로 옮겨진다. 시간이 지나면서 만사는 다행히도 아무런 불평 없이 물거품처럼 사라진다. 베라 역시 이미 아무런 불평 없이 물거품처럼 사라져버린 것 같았는데……

베라의 편지 한 장을 마지막으로 손에 쥔 것은 적어도 십오 년 전의 일이었을 것이다. 그때도 지금과 비슷한 상황이었고, 그가 편지를 손에 쥐고 있던 장소는 지금 그가 앉아 있는 화장실보다 훨씬 더 허술한 화장실이었다. 물론 그 당시 아멜리의 질투는 끝 간 데가 없었다. 의심을 잔뜩 품고 있던 그녀의 민감한 후각은 늘 냄새를 좇고 있었다. 그랬기 때문에 그는 편지를 아예 없애버리는 수밖에 다른 도리가 없었다. 당시에는 말이다! 그가 편지를 읽지도 않고 없앤 건 물론 어쩔 수 없어서 저지른 짓이 아니었다. 다시 말해서 그의 그런 처사는 너절하기 짝이 없는 비겁한 행동이었으며 그 유례를 찾아볼 수 없는 비열한 짓이었다. 신들의 총아인 레오니다스는 이 순간 자기가 그때보다 더 나은 사람이 되었다고 착각하지 않았다. 그때 받은 편지를 나는 읽지도 않고 찢어버렸다. 오늘 받은 편지도 역시 읽지 않고 찢어버릴 것이다. 이유는 간단하다. 아무것도 알고 싶지 않기 때문에. 아무것도 모르고 있으면 남의 요구를 들어줄 일도 없는 법이다. 내가 십오 년 전에 내 의식 속으로 들여보내지 않은 일을 이제 와서 들여보내야 할 이유는 백번도 더 없는 것이다. 이 일은 이미 처리되어 옆으로 치운 것이고 이제는 더 이상 없는 일이다. 이제는 더 이상 없는 일이라는 것을 나는 무조건적인 관습법으로 여긴다. 자기 자신의 존재를 다시 한 번 내 눈앞에 들이밀다니, 정말 뻔뻔스러운 여자로군. 그 여자는 지금 어떻게 되었을까? 어떤 얼굴을 하고 있을까?

레오니다스는 베라가 지금 어떤 모습을 하고 있을지 도무지 상상할 수가 없었다. 아니 그보다 더 나쁜 것은, 이제까지 살아오면서 정말로 사랑에 빠진 적은 오직 그때 한 번뿐이었는데도 그 당시 그녀의 얼굴이 어떻게 생겼었는지 기억할 수 없다는 사실이었다. 그녀가 그때 어떤 눈빛을 하고 있었는지, 그녀의 머릿결이 어떻게 빛나고 있었는지, 그녀의 얼굴과 몸매는 어떤 모습이었는지, 단 한 가지도 머릿속에 떠오르지 않았다. 그의 머릿속에서 신기하게 사라진 그녀의 모습을 떠올리기 위해 그가 온갖 주의를 집중하여 애를 쓰면 쓸수록, 그녀가 그의 내부에 마치 그를 조롱하듯 남긴 공허는 더욱더 커지기만 했다. 그는 사실 달필로 쓰고 반듯하게 정리한 문서 같은 훌륭한 기억력을 가지고 있었다. 그러니 베라의 경우는 마음 한구석을 불편하게 하는 기억 상실증과도 같은 것이었다. 이런 제기랄, 지난 십오 년 동안 허물어버리고 평평하게 다져서 더 이상 찾을 수 없는 묏자리 같던 여자가 왜 그냥 그대로 있지 않고 갑자기 이렇게 나타난 거지?

배신한 애인의 마음속에서 모습을 감춘 여자, 그 여자가 주소의 몇 안 되는 단어 안에서 이제 자신의 실재를 구체적으로 드러내고 있었다. 그것이 악의에서 나온 행동임은 너무도 분명했다. 펜으로 쓴 이 섬세한 글자의 획들은 끔찍스러운 그녀의 존재로 가득 차 있었다. 교육부 차관이 이제 진땀을 흘리기 시작했다. 그는 베라의 편지를 마치 형사법원의 출두 명령이라도 된다는 듯이, 아니 형사법원이 작성하여 발송한 판결문이라도 된다는 듯이 들고 있었다. 그리고 갑자기 십오 년 전 7월의 그날이 느닷없이 그의 눈앞에 분명하고 적나라하게 다가왔다. 순간적인 세부 사항에 이르기까지 말이다.

휴가였다! 상트 길겐의 더없이 아름다운 알프스의 여름이었다. 레오니다스와 아멜리가 결혼한 지 그다지 얼마 되지 않은 때였다. 그들은 호숫가에 자리 잡은 매혹적인 작은 호텔에서 묵었는데, 그날은 친구들과 쉬엄쉬엄 느긋한 등산을 하기로 약속이 되어 있었다. 몇 분 후면 예정된 트레킹 출발 지점으로 데려다줄 작은 기선이 호텔 바로 앞 부두에 도착할 터였다. 호텔의 홀은 농가의 큰 거실과 비슷했다. 격자무늬의 창살이 달린 창은 붉은 담쟁이로 그늘이 져 있었고, 창 사이로 드문드문 응고된 꿀방울과 같은 햇빛이 비쳐들고 있었다. 홀 자체는 어둠침침했다. 하지만 그것은 이상하게 눈을 부시게 하는, 완전히 흡수된 어둠이었다. 레오니다스는 호텔 프런트에 가서 자기에게 온 우편물이 있는지 물었다. 세 통의 편지가 와 있었는데, 그중 하나가 바로 옅푸른색 잉크로 쓴 엄격하고 각진 여자 글씨의 그 편지였다. 레오니다스는 등 뒤에 아멜리가 서 있는 것을 느꼈다. 그녀는 다정하게 그의 어깨에 손을 얹고 자기에게 온 편지도 있느냐고 물었다. 그때 어떻게 베라의 편지를 감쪽같이 숨겨 주머니에 넣을 수 있었는지, 그 스스로도 알 수가 없었다. 호박색 어둠이 그를 도와주었다. 다행히도 그 순간 기다리던 친구들이 왔다. 웃고 떠들며 서로 인사말을 나눈 뒤 레오니다스는 아무 눈에도 띄지 않게 사라졌다. 편지를 읽을 시간이 아직 오 분 정도 남아 있었다. 그는 편지를 읽지 않았다. 뜯지도 않은 편지를 그저 앞뒤로 뒤집고만 있었다. 삼 년에 걸친 치명적인 침묵 끝에 베라가 그에게 편지를 쓴 것이다. 헤어질 때 레오니다스처럼 야비하고 끔찍하게 자기 애인을 대한 남자는 이 세상에 단 한 명도 없으리라. 그렇게 헤어진 후 처음으로 그녀가 이제 그에게 편지를 썼다. 그는 먼저 모든 비겁한 거짓말 중에서 가장 비열한 거짓말을 했다. 삼 년 전 베라와 만났을 때 그는 이미 결혼한 몸이었는데도, 그는 그 말을 베라에게 솔직하게 털어놓지 않았다. 그다음 거짓말은 열차 창가에 기대어 그가 한 교활한 사기꾼의 작별 인사였다. "잘 지내고 있어, 내 생명. 두 주만 참아. 그러면 내가 데리러 올게!" 그는 이 말을 남기고 사라졌으며 그 후 베라 보름서의 존재에 대해 더 이상 알려고 하지 않았다. 그녀가, 베라 같은 성격의 여자가 오늘 그에게 편지를 써 보냈다면, 그 배후에는 더할 수 없이 끔찍스러운 극기가 숨어 있을 테다. 그렇다면 이 편지는 무섭도록 괴로운 상황에 처해 있는 그녀가 보내는 도와달라는 외침일 것이다. 그런데 그보다 훨씬 더 고약한 일은, 베라가 이 편지를 바로 이곳에서 써 보냈다는 사실이었다. 그녀는 상트 길겐에 와 있었다. 봉투의 뒷면에 상트 길겐의 주소가 너무도 분명하게 쓰여 있었다. 베라는 호수 건너편의 한 여관에 묵고 있었다. 레오니다스는 편지 봉투를 쉽게 뜯기 위해 주머니칼을 꺼내 들었다. 주머니칼로 편지 봉투를 뜯는 일은 우스꽝스러울뿐더러 그의 지나치게 꼼꼼한 성격을 보여주는 습관이었다. 그러나 그는 주머니칼을 사용하지 않았다. 이 편지를 읽게 된다면, 감히 머릿속에 떠올려서도 안 될 일이 확실한 사실이 되어버린다면, 그때는 더 이상 돌아설 수 없을 터였다. 아주 잠깐 그는 아내에게 솔직하게 고백할까, 그리고 그렇게 하면 어떻게 될지 생각했다. 하지만 젊디젊은 아내에게, 파라디니 집안의 딸 아멜리에게, 그를 미친 듯이 사랑할뿐더러 그와 결혼하여 세상 모든 사람을 놀라게 한 여자에게, 운명의 편애를 한몸에 받고 있는 이 특별한 사람에게 결혼 일 년 만에 더는 교활할 수 없는 방법으로 그녀를 속이고 다른 여자와 바람을 피웠다는 말을 어떻게 고백할 수 있단 말인가? 그 어떤 신이 고백하라고 요구할 수 있단 말인가? 만약 그렇게 한다면 그는 베라를 도와줄 수도 없으면서 그 자신과 아멜리의 인생을 파괴하는 데 그치고 말리라. 시간은 멈추지 않고 획획 지나가는데 그는 속수무책으로 그 좁은 공간 안에 서 있었다. 자신의 소심함과 비열함이 너무도 역겨워 뱃속이 다 울렁거렸다. 손에 놓인 가벼운 편지가 그를 무겁게 내리눌렀다. 봉투는 다른 종이로 안을 댄 것이 아니라서 아주 얇았다. 그래서 흐릿하기는 하지만 글씨가 밖으로 비쳐 보였다. 그는 여기저기 몇 줄의 내용을 읽으려 애썼다. 하지만 허사였다. 호박벌 한 마리가 잉잉거리며 열려 있던 작은 창문을 통해 날아 들어왔다가 이제 그와 함께 갇혀버렸다. 처량함과 슬픔 그리고 죄의식이 그의 마음을 가득 채웠다. 그리고 갑작스럽게 베라에 대한 격렬한 분노가 일어났다. 베라는 이미 다 제대로 깨달은 것처럼 보이지 않았던가 말이다! 두 사람의 만남은 우연과 그의 거짓말이 가져다준 짧고도 미쳐버린 행복이었다는 사실을 말이다. 그가 한 행동은 이런 모습, 저런 모습으로 몸을 바꿔가면서 하늘에서 내려와 사람에게 접근한 고대의 어떤 신이 한 행동과 다르지 않았다. 거기에 바로 고귀함과 아름다움이 들어 있지 않는가? 베라는 그 사실을 극복한 것처럼 보였고, 그는 그럴 거라고 이미 단단히 믿고 있던 터였다. 그녀의 신상에 어떤 일이 일어났는지 모르겠지만, 어쨌든 그녀는 그가 사라지고 난 후 지난 삼 년 동안 그에게 아무런 연락도 하지 않았기 때문이다. 단 한 줄의 편지도 쓰지 않았으며 단 한마디 말도, 그 어떤 사적인 소식도 보내지 않았다. 만사는 더는 좋을 수 없이 극복되었고 또 가지런히 정리되었다. 불가피한 상황을 이해하고 거기에 순응하는 그녀의 처신을 그가

얼마나 높이 평가하고 있었는지! 그런데 이제 이런 편지를
보내다니! 편지가 아멜리의 손에 들어가지 않은 것은 오직
그의 행운을 바라는 신의 섭리 덕분이었다. 그런데 편지만
와 있는 게 아니었다! 그녀 자신도 근처에 와서 그를 뒤쫓
고 있었다. 세상 모든 사람이 모여드는 이곳 산 아래 호숫
가에 나타난 것이다. 그것도 지금, 가족애가 끔찍하게 강조
되는 이 7월에 말이다. 레오니다스는 너무도 분한 마음으
로 생각했다. 베라 역시 어쩔 수 없이 '머리 좋은 이스라엘
인'에 불과하구나. 이 사람들은 정말 대단한 존재가 될 수
는 있겠지만 결국 뭔가가 결핍되어 있어. 그들 중 대부분은
어떤 행동을 어느 때 하는 게 적절한지 간파하는 능력이 없
어. 주변 사람의 마음을 성가시게 할 일은 삼갈 줄 아는 그
섬세한 기술 말이야. 그를 지금의 성공으로 이끈, 연미복을
물려주고 떠난 대학 시절의 그 친구를 예로 들어보자. 왜
하필이면 저녁 여덟시, 그러니까 친구들끼리 모여 노는 시
간에, 그것도 바로 옆방에서 머리에 총을 쏴 자살했느냐 말
이다. 얼마든지 다른 장소에서 자살할 수도 있지 않았나?
그리고 레오니다스가 옆에 없는 시간에 그런 행동을 저지
를 수도 있잖았는가? 그런데 그는 그렇게 하지 않았어! 이
족속들은 모든 행동을, 그것이 아무리 절망에 가득 찬 행동
일지라도 특별히 강조하고 또 쓰디쓴 느낌표 안에 집어넣

어야 성이 차는 사람들이다. 그들의 행동에는 늘 뭔가가 너무 많거나 너무 적다. 이것이 바로 적절한 때가 언제인지 모르는 그들 특유의 기질을 확인시켜주는 증거이다. 레오니다스는 오랜 기간의 고된 근무 끝에 지금의 휴가를 얻어냈다. 이 아름다운 7월, 아멜리와 함께 두 주의 휴가를 보내려고 하는 이곳 상트 길겐에 베라가 나타났다는 것은 이루 말할 수 없이 무례한 행동이었다. 베라는 분명 어디에선가 레오니다스가 이곳에서 휴가를 보내고 있다는 정보를 알아냈을 것이다. 곧 타게 될 작은 기선에서 베라를 만날 경우 어떻게 처신해야 할 것인가? 어떻게 처신해야 할지 물론 알고 있었다. 베라를 못 알아보는 척하고 인사도 하지 않을 것이며, 베라가 무슨 투명인간이라도 되는 양 아무렇지도 않게 쳐다보고 눈썹 하나 까딱하지 않으면서 아멜리와 함께 친구들과 웃으며 대화를 나눌 것이다. 하지만 그렇게 패씸할 정도로 멋지게 굴고 나서 얼마나 크게 고생할 것인가? 그러고 나면 정말 짧기만 한 휴가 중 일주일을 신경쇠약에다 자신감 역시 떨어진 채 보내게 될 것이다. 식욕이 없어질 것이다. 다음 며칠간은 휴가를 즐길 기분이 싹 사라지게 될 것이다. 그리고 그는 늦어도 내일 정오에 정말 아름다운 이곳 상트 길겐에서의 휴가를 중단하도록 아멜리가 납득할 만한 이유를 생각해야 한다. 그러나 두 사람이 티롤

로 가든 북해로 가든 감히 예측할 수 없는 가능성이 어디서
나 그를 쫓아다닐 것이다. 널뛰듯 기복이 심한 이런 생각들
에 사로잡히느라 그는 손 위에 놓인 편지를 잊고 있었다.
그런데 갑자기 느닷없는 호기심이 일었다. 자신이 도대체
어떤 상황에 처해 있는지 알고 싶었다. 그의 막연한 예감
과 두려움이 어쩌면 사소한 일에도 자극을 받는 그의 심기
증(心氣症)에서 나온 것인지도 모를 일이었다. 편지를 읽고
나면 마음놓고 안도의 숨을 쉴 수 있을지 어떻게 알랴? 그
와 함께 좁은 화장실에 갇혀 있던 통통한 호박벌이 마침내
창문에 난 틈을 찾아내어 바깥으로 날아가 자유의 몸이 되
어 이제는 밖에서 요란스럽게 잉잉거렸다. 비좁은 공간은
갑자기 끔찍한 정적에 휩싸였다. 레오니다스는 편지를 뜯
기 위해 주머니칼을 봉투에 갖다 댔다. 바로 그때 낡을 대
로 낡은 증기선이 기적을 울렸다. 작고 덜커덩거리는, 옛날
옛적의 장난감 같은 배였다. 기선의 바깥 바퀴가 호수의 물
을 돌려 거품을 일으키는 소리가 들렸다. 담쟁이덩굴의 잎
사귀들이 잠시 가만히 있다가 다시 바람에 흔들리며 담장
에 여러 모양의 그림자를 만들었다. 시간이 없었다! 아멜
리가 초조한 목소리로 그를 부를 것이다. 레온! 편지를 짝
짝 찢어 없애는 동안 그의 심장이 마구 두근거렸다……

   똑같은 일의 영원회귀! 레오니다스는 그런 경우가 정말

있다고 생각하며 놀라워했다. 오늘 그가 받은 베라의 편지는 십오 년 전과 똑같이 화장실로 숨는, 결코 명예롭지 못한 상황으로 그를 몰아넣었다. 그것은 그가 베라와 아멜리에게 저지른 죄 때문에 일어난 원초적인 상황이었다. 모든 것이 단 한 치도 어긋남이 없이 일치했다. 그때나 지금이나 그는 아내가 있는 자리에서 편지를 받았다. 그는 그제야 비로소 편지 뒷면에 적힌 발송인의 주소를 읽어보았다. "빈에서 베라 보름서 박사 보냄." 그리고 그 밑에는 레오니다스가 사는 집에서 두 길만 지나면 닿을 수 있는 파크 호텔의 이름이 쓰여 있었다. 그러니까 베라는 십오 년 전처럼 이번에도 그를 만나기 위해, 그를 궁지로 몰아넣기 위해 온 것이다. 단 한 가지 다른 것이 있다면, 그것은 여름 호박벌 대신 몇 마리의 지친 가을 파리들이 천식 기침과도 같은 소리를 내며 그와 함께 갇혀 있다는 사실이었다. 레오니다스는 자기가 내뱉은 낮은 웃음소리를 놀란 마음으로 들었다. 아까 심장이 멎어버릴 듯 그토록 놀란 것은 그의 품위에 어울리지 않았을 뿐만 아니라 어리석기까지 했다. 편지를 읽거나 혹은 읽지도 않은 채 아멜리 앞에서 과연 차분하게 찢을 수 있었을까? 일반인들이 보내는 수백 건의 다른 성가신 청원서와 똑같은 편지니 전혀 신경 쓸 일이 아니라면서 말이다. 십오 년 전의 일, 아니 거기에 삼 년을 더해야지!

말이야 쉽지, 십팔 년이라는 세월이 흐르는 동안에는 이루다 헤아릴 수 없이 많은 변화가 일어날 수 있다. 십팔 년은 사람의 인생에서 아주 오랜 세월이고, 살아 있는 사람을 거의 완전히 딴 사람으로 바꿀 수도 있는 긴 세월이다. 그 긴 세월은 연애하면서 저지른 비겁하고 파렴치한 행동보다 더 큰 범죄도 정말 말끔히 씻어 없앨 수 있는 시간의 큰 바다이다. 미라처럼 오래된 이 이야기에서 벗어나지 못하다니. 출세 가도의 절정에 다다른 쉰 살의 남자로서 오전 시간에 늘 누리곤 하던 쾌적한 마음의 평화를 잃고 말다니. 이 얼마나 한심한 겁쟁이란 말인가? 그는 이 불행 전체가 그의 심장이 그저 어정쩡하게만 조야한 탓에 일어났다고 생각했다. 그의 심장은 한편으로 너무 나약했고 다른 한편으로 바람이 너무 많이 들어 경박했다. 그래서 그는 평생 '썩어 빠진 심장' 때문에 고생했다. 이런 상투적인 말은 그 스스로 생각해도 조금은 저질스러웠지만, 그럼에도 언짢기만한 그의 마음 상태를 제대로 표현하고 있었다. 옅푸른색 잉크로 쓴 여자 글씨를 보고 그토록 깜짝 놀라는 예민한 마음은 그가 양심적이고 섬세한 성격을 가진 신사라는 증거, 그리고 자신이 저지른 도덕적인 실수를 거의 영원하다고 할 정도로 긴 세월이 지난 후에도 잊지 못하고 그 때문에 자신을 용서하지 못하는 다감한 남자라는 증거가 아니겠는가? 레오니다스는 지금 이 순간 이 물음을 무조건 긍정했다. 그리고 그는 남들이 모두 인정할 정도로 잘생겼을 뿐만 아니라 참으로 매력적인 자기 같은 남자가 결혼 생활 동안, 베라와의 열정적인 연애를 제외한다면, 딱 아홉 번 내지 열한 번만 일정한 대상 없는 추상적인 바람을 피웠을 뿐, 그 밖에는 스스로를 책망할 이유가 더 이상 없다는 사실을 두고 약간은 울적한 마음이 되어 스스로를 칭찬해주었다.

그는 숨을 깊이 내쉬면서 미소를 지었다. 이제 그는 베라와 정말 영원히 끝장을 내고 싶었다. 베라 보름서 박사. 전공은 철학. 이 전공을 택했다는 사실이 벌써 남보다 우월하고 싶어 하는 그녀의 도발적인 성향을 드러내주었다. (철학박사 베라 보름서 양? 아니, 베라 보름서 여사이길! 결혼해서 아직 과부가 안 된 상태이기를!) 열려 있는 작은 창문에는 뭉게구름이 긴 하늘이 비치고 있었다. 레오니다스는 단호하게 편지를 찢기 시작했다. 그러나 찢긴 자리가 아직 2센티도 되지 않은 상태에서 그는 찢기를 멈췄다. 이제 십오 년 전 상트 길겐에서와는 정반대의 일이 일어났다. 그때는 편지를 열어보려고 하다가 찢어버렸는데, 이번에는 편지를 찢어버리려고 하다가 결국 열고 있었던 것이다. 찢긴 편지지에서 열푸른색 잉크로 쓴 여자 글씨의 진한 개성이 그를 조롱하듯 쳐다보고 있었다. 그 개성은 이제 여러

행 가운데에서 더욱 분명해질 터였다.

편지의 위쪽에는 급하게 쓴 것 같지만 그런데도 정확한 글씨체로 편지 쓴 날짜가 적혀 있었다. '1936년 10월 7일.' 수학 공부를 한 사람이란 걸 알겠군. 아멜리는 평생 단 한 번도 편지에 편지 쓴 날짜를 적는 법이 없었지. 레오니다스는 이렇게 생각한 후 편지를 읽었다. "존경하는 차관님께!" 좋다! 이렇게 건조하게 부른다고 해서 거기에 반대할 이유야 없지. 이런 부름말은 완벽하고 빈틈없이 예의 바른 것이니까. 희미하긴 하지만 결코 극복할 수 없는 조롱이 그 뒤에 숨은 것처럼 보였지만 말이다. 어쨌든 "존경하는 차관님께"라는 이 부름말은 너무 친밀한 사이는 아니라는 것을 암시하면서 내 걱정을 덜어주는구나. 계속 읽어보자.

"차관님께 한 가지 부탁을 드리지 않을 수 없게 되었습니다. 제 일신상의 일이 아니라 우수한 재능을 가진 한 청년 때문입니다. 이 청년은 이미 일반적으로 널리 알려진 이유들로 인해 독일의 인문계 고등학교에서 공부를 계속할 수 없게 되었습니다. 그래서 이곳 빈에서 고등학교를 졸업하고 싶어 합니다. 존경하는 차관님, 그런 형태의 전학 안건을 가능하게 하고 또 쉽게 처리해주는 일이 차관님께서 맡고 계신 특별한 업무 분야 안에 있다고 들었습니다. 제 고향인 이곳 빈에는 이제 제가 아는 사람이 한 사람도 없습니다. 그래서 극도로 중요한 이 일을 해결하기 위해 차관님의 힘을 빌리지 않을 수 없게 되었습니다. 저의 부탁을 들어주실 의향이시라면 차관님의 사무실을 통해 그 사실을 저에게 알려주시는 것으로 족하겠습니다. 그러면 그 청년이 차관님께서 원하시는 시간에 차관님을 찾아뵙고 전학에 필요한 정보를 말씀드릴 것입니다. 대단히 감사합니다. 베라 보름서 드림."

레오니다스는 편지를 두 번 읽었다. 그것도 멈추지 않고 처음부터 끝까지 죽 읽었다. 그런 다음 그는 편지가 무슨 보물이라도 되는 듯 손가락으로 조심스럽게 집어 다시 주머니에 넣었다. 그는 너무도 지치고 피곤해서 문을 열고 그가 갇혀 있던 감옥에서 나갈 힘마저도 부족할 지경이었다. 편지를 읽고 난 지금은, 어린아이처럼 이렇게 답답하고 좁은 화장실 안으로 도망쳐 들어온 자신의 행동이 정말 우스꽝스럽고 불필요한 것이었다는 생각이 들었다. 이 편지는 죽을 만큼 놀라면서 아멜리가 모르게 숨겨야 할 필요가 없는 것이었다. 그냥 솔직하게 식탁 위에 놓아두어도 괜찮았을 편지였다. 한술 더 떠서 침착한 얼굴로 아멜리에게 건네주었어도 될 편지였다. 세상에서 가장 음험한 이 편지는 이 세상에서 가장 무해하게 보이는 편지였다. 무슨 문제를 특별히 좀 봐달라거나 중재를 부탁하는 이런 종류의 편지를 그는 한 달에 백 통 정도 받았다. 그럼에도 베라가 쓴 간결하고 직선적인 이 행들 속에는 거리감과 차가움 그리고 자로 정밀하게 잰 듯한 신중함이 들어 있었다. 그 신중함 앞에서 그는 자기가 도덕적으로 완전히 오그라들고 있다는 느낌이 들었다. 그는 속으로 생각했다. 언젠가 최후의 심판이 열릴 때 베라의 편지처럼 음험하면서도 겉으로는 평안해 보이는 문서, 빚쟁이와 빚진 사람, 살인자와 살해된 사람은 이해할 수 있지만, 다른 모든 사람들한테는 하찮은 사실처럼 보이고 그렇게 은폐되어 있는 탓에 당사자에게는 두 배로 끔찍한 그런 문서가 나타날지 누가 알랴? 맙소사, 나라를 위해 일하는 침착하고 신중한 관리가 10월의 밝은 대낮에 의심스럽기 짝이 없는 이런 생각과 변덕스러운 행동에 걸려 넘어지다니! 평소에는 그토록 깨끗한 그의 머릿속으로 최후의 심판에 대한 생각이 도대체 어디에서 느닷없이 들어올 수 있었을까? 그사이 레오니다스는 편지를 다 외우고 있었다. "존경하는 차관님, 차관님께서 맡고 계신 특별한 업무 분야 안에 있다고 들었습니다." 그래, 존경하는 차관님이다! "그래서 극도로 중요한 이 일을 해결하기 위해 차관님의 힘을 빌리지 않을 수 없게 되었습니다." 베라의 편지는 건조한 스타일로 부탁을 하고 있었다. 그럼에도 전후 사정을 아는데다 죄를 지은 레오니다스에게 이 문장은 대리석과도 같은 중압감과 거미줄 같은 섬세함으로 다가왔다. "그 청년이 차관님께서 원하시는 시간에 차관님을 찾아뵙고 전학에 필요한 정보를 말씀드릴 것입니다." 필요한 정보! 이 두 개의 단어는 깊은 구렁을 파헤쳐 올렸으며 동시에 그 구렁을 감추고 있었다. 그 어느 헌법학자도, 그 어느 검사도 이 두 단어가 지닌 잔인한 이중적인 의미를 이보다 더 훌륭하게 사용할 수는 없었으리라.

레오니다스는 마비 상태에 빠졌다. 영원만큼이나 긴 십팔 년의 세월이 지난 후 어느 면으로 보나 안정된 삶을 살고 있던 그를 진실이 따라잡아버린 것이다. 빠져나갈 구멍은 더 이상 없었고 뒤로 돌아갈 수도 없었다. 나약해진 한 순간에 그만 알아버리게 된 진실로부터 이제는 더 이상 빠져나갈 수가 없었다. 이제 세상은 그를 향해, 그리고 그는 세상을 향해 근본적으로 변화되었다. 너무나 괴롭고 답답한 나머지 아직은 어림짐작도 할 수 없었지만, 결과를 예측할 수 없다는 사실을 그는 알고 있었다.

아무런 악의가 없는 청탁 편지! 그러나 베라는 악의 없는 이 편지를 통해 그녀에게 다 큰 아들이 있으며 이 아들이 바로 그의 아들이라는 사실을 레오니다스에게 알리고 있었다.

3장

존경하는 여러 재판관님!

레오니다스는 출근 시간이 꽤 지체되었는데도 불구하고 히칭 지역의 가로수길을 평소보다 훨씬 더 천천히 걸어가고 있었다. 우산을 짚고 걸음을 옮기면서 깊은 생각에 잠겼지만, 동시에 그는 사람들이 자기한테 건네는 인사를 놓치는 일이 없도록 주의 깊게 주변을 살폈다. 경건할 만큼 보수적인 이 지역의 퇴직 관리들과 주민들이 자주 반갑게 활기찬 인사를 건넸기 때문에 그럴 때마다 그는 쓰고 있던 모자를 벗으며 답례를 하지 않을 수 없었다. 날씨가 갑자기 따뜻해져서 그는 외투를 입지 않고 그냥 팔에 걸친 채 걸었다.

　베라의 편지가 그의 인생을 근본적으로 변화시킨 그 순간이 얼마 지나지 않았는데도 그 짧은 시간에 10월의 하루인 이날의 날씨 역시 놀랍게 변해 있었다. 하늘에는 구름이 잔뜩 끼어 있었고 염치없이 벌거벗은 파란 곳은 더 이상 찾아볼 수 없었다. 아까는 가장자리의 윤곽이 분명한 하얀 뭉게구름이 빠른 속도로 떠다니고 있었는데, 이제는 가구에 입힌 더러운 덮개 같은 색을 한 구름이 꼼짝도 하지 않고 낮게 깔려 있었다. 그리고 두꺼운 플란넬 천에서 뽑아낸 것 같은 바람 잔 날씨가 되어 있었다. 멀고 가까운 곳에서 부릉거리는 자동차 모터 소리, 삐걱거리는 전차 소리 그리고 거리의 다른 소음들이 마치 그 안에 숨이라도 집어넣은 듯 둔중하게 들려왔다. 소리라는 소리는 다 동원되어 불분명하게 들려왔다. 마치 세상이 이날의 가장 중요한 사안인 베라의 편지 이야기를 열심히 떠들고 있는 것 같았다. 계절에 맞지 않게 너무 따뜻, 이도 저도 아니게 교활하기만 한 날씨였다. 날씨가 이런 날이면 나이 든 사람은 갑작스러운 죽음에 대한 불안을 평소보다 더 심하게 느끼는 법이다. 이런 날씨는 어떻게 변할지 도무지 예측할 수가 없다. 천둥 번개가 치면서 우박이 쏟아질 수도 있고 짜증스러운 장맛비가 올 수도 있으며, 아니면 가을 해가 나면서 어정쩡하게 평화로운 날씨로 끝날 수도 있다. 레오니다스는 호흡을 힘들게 하고 자기 마음을 빗대는 듯한 오늘 날씨가 정말 싫었다.

그러나 병적일 정도로 바람 한 점 일지 않는 이런 날씨가 가져다주는 최악의 부작용은 교육부 차관인 레오니다스로 하여금 논리적인 사고를 못하게 하고 논리적인 결정 또한 못 내리도록 하는 데 있었다. 그는 대학 공부를 통해 잘 훈련된 자신의 두뇌가 지금 평소처럼 자유자재로 움직이질 않는다는 느낌이 들었다. 그보다도 그의 두뇌는 마치 두껍고 불편한 털장갑을 낀 것처럼 빠른 속도로 커져가는 물음을 제대로 포착하지도 파악하지도 못하고 있었다.

　그러니까 그는 오늘 베라에게 지고 말았다. 십팔 년 동안 침묵 속에서 진행된 싸움, 인생의 바깥쪽에서 벌어진 것 같았지만, 그럼에도 결코 덜 현실적이었다고 할 수 없는 싸움 끝에 말이다. 그녀가 가진 힘, 바로 그 힘이 편지를 찢어버림으로써 다시 한 번 진실을 회피하는 대신, 편지를 읽지 않을 수 없도록 그에게 강요한 것이다. 편지를 읽은 것이 실수였는지, 그는 아직 알 수가 없었다. 하지만 어쨌든 패배인 것만은 확실했다. 패배했다는 사실보다 더 결정적인 것은 그의 인생의 궤도가 느닷없이 바뀌었다는 사실이었다. 십오 분 전부터 그의 인생은 새로운 궤도를 따라 미지의 방향을 향해 나아가고 있었다. 정확히 십오 분 전부터 그에게는 아들이 한 명 생겼기 때문이다. 이 아들은 어림잡아 열일곱 살쯤 되었을 것이다. 낯모르는 젊은이의 아버지라는 의식은 무(無)의 잠복처에서 뛰어나와 그에게 다가왔다. 하지만 그것은 전혀 예측하지 못한 의식이 아니었다. 그의 죄의식과 두려움 그리고 호기심의 어두운 구석에서는 베라의 아이가, 언제 태어났는지는 모르지만 어쨌든, 태어난 그날부터 그를 위협하는 유령과도 같은 삶을 살고 있었다. 그런데 이제 영원과도 맞먹는 잠복기를 지나 레오니다스의 두려움이 완전히 사그라지려는 시기에 이 유령이 갑자기 살과 피를 갖춘 사람이 되어 나타났다. 베라는 편지에서 아무런 악의도 없다는 듯이 교활하게 진실을 감췄지만, 그녀의 그런 행동은 레오니다스의 극심한 당혹감을 조금도 덜어주지 않았다. 자기가 한때 사랑했던 여자가 어떤 성격의 사람이었는지 거의 아무것도 모르고 있음에도 그는 지금 신경질적으로 입술을 깨물며 생각했다. 이 전략! 정말 베라다운 짓이로군. 그런데 그녀의 태도는 여전히 불분명했다. 내가 망신당하지 않게 하려고 이렇게 분명하지 않은 태도를 취하고 있는 건가? 아니면 그녀는 내가 아직 희망을 품도록 해주고 있는가? 편지는 분명 아직 빠져나갈 가능성을 내게 제공하고 있다. "저의 부탁을 들어주실 의향이시라면……" 내가 그럴 의향이 없다면 어쩌겠다는 말인가? 하느님 맙소사! 바로 그거야! 이렇게 애매모호한 태도로 그녀는 나를 이중으로 붙들어 매고 있어. 나는 더 이상

수동적인 자세를 유지할 수 없어. 진실을 진실 그대로 쓰지 않고 있기 때문에, 바로 그 때문에 그녀는 진실을 입증하고 있다. 교육부 차관이라는 지위에 앉아 있던 레오니다스는 지금 베라와 관련해서 '입증하다'라는 법률 용어를 머릿속에 떠올렸다.

평소의 예절 바른 행동과는 전혀 달리 그는 길을 건너가다가 길 한가운데 멈추어 서서 한숨을 푹 내쉰 뒤 모자를 벗고 이마에 흐르는 땀을 닦았다. 자동차 두 대가 지나가면서 화가 치민 듯 경적을 요란하게 울렸다. 경찰관이 화를 내며 야단을 쳤다. 레오니다스는 점잖은 사람답지 않게 펄쩍펄쩍 뛰어 건너편에 당도했다. 새로 생긴 아들이 이스라엘 젊은이라는 너무나 분명한 사실이 머릿속에 떠올랐기 때문이다. 그래서 그 아이는 독일에서 더 이상 학교에 다닐수 없었던 것이다. 그런데 지금 레오니다스가 살고 있는 나라는 독일의 가장 위험한 이웃 오스트리아였다. 이 나라 정세가 어떻게 진행될지 아무도 모르는 시기였다. 그건 불평등한 싸움이었다. 독일에서 적용되는 법들이 어느 날 갑자기 이곳 오스트리아에서도 적용되는 일이 일어날 수도 있었다. 얼마 전부터 레오니다스 같은 고위 관리에게는 베라가 속한 민족 출신과의 사회적인 접촉이 철저하게 금기시되고 있었다. 물론 아주 높은 자리의 몇몇 관리는 예외에

속했지만 말이다. 자기가 숭배해 마지않던 리하르트 바그너가 자신이 속해 있던 이스라엘 민족에게 영겁의 벌을 선고한 사실을 견딜 수 없었기 때문에, 다른 확실한 이유는 없고 단지 이 사실을 견딜 수 없다는 이유로 권총 자살을 한 대학 친구의 연미복을 유산으로 물려받을 수 있던 시대는 아주 오래전의 일이었다. 그런데 이제 레오니다스 자신이 쉰 살 나이에 느닷없이 이스라엘 민족 출신의 자식을 갖게 되었다. 이건 정말 도저히 믿기 어려운 전환이었다. 이렇게 하여 얼마나 복잡하고 곤란한 갈등이 일어날지는 상상할 수도 없었다. 아멜리? 하지만 아멜리 생각을 해야 할 상황에는 아직 다다르지 않았어. 레오니다스는 스스로에게 그렇게 믿으라고 타일렀다.

그는 자기가 죄를 지은 사람으로서, 그리고 동시에 희생자로서 연루된 이 사건을 더는 꼼꼼할 수 없을 정도로 미리 정돈해 마음의 준비를 하려고 끝없이 애썼다. 노련한 관리인 그는 모든 사태에 대해 서류를 작성하고, 그럼으로써 그 사태가 삶의 격랑 속에 빠져버리는 일을 막을 재주를 가지고 있지 않은가 말이다. 레오니다스는 이렇다 할 구체적인 사항이 없는 지금의 사태를 재현하기가 어려웠다. 베라와 열렬한 사랑을 나누었던 저 6주간의 시간을 재현하는 일은 더더욱 힘들었다. 베라는 자신의 모습이 레오니다스의 머릿속에 떠오르는 일을 거부했듯이 그 6주간의 기억이 재현되는 일 역시 스스로 막고 있었다. 남은 것은 상당히 빈약했다. 이렇게 괴로울 때는 재판관들(어떤 재판관들일까?) 앞에 서 있다 하더라도 자기가 저질러 고발당한 죄를 구체적이고 명료하게 진술하지 못할 것이다. 그가 할 수 있는 진술은 고작 이런 것에 불과하리라.

존경하는 여러 재판관님, 결혼한 지 십삼 개월째 되던 때였습니다. (그의 무미건조한 변론은 이렇게 시작될 수도 있으리라.) 어느 날 아멜리는 외할머니가 중병에 걸렸다는 소식을 받았습니다. 영국 출신의 이 외할머니는 거만하고 속물스러운 백만장자 집안인 파라디니 가문에서 가장 중요한 인물이었습니다. 그녀는 제일 나이 어린 손녀인 아멜리를 맹목적으로 사랑했었지요. 그녀가 물려받을 유산의 중요한 몫을 지키기 위해 아멜리는 위독한 할머니가 살고 있던 데본셔의 시골 저택으로 떠나지 않을 수 없었습니다. 온갖 술수를 다 동원하여 유산을 차지하려는 자들이 자기들 목적을 이루기 위해 이미 손을 쓰고 있었으니까요. 저는 제 아내가 노친네가 돌아가시기 직전 몇 시간 동안에는 무슨 일이 있더라도 늘 그 양반 눈앞에 있어야 한다고 생각했습니다. 그런데 유감스럽게도 이 몇 시간은 삼 개월이라는 긴 시간으로 연장되었습니다. 아멜리와 저는 결혼하고 나서 처음으로 이렇게 서로 떨어져 있어야 한다는 사실에 정말 몹시 절망스러워했습니다. 이건 절대로 제가 나중에 지어낸 거짓말이 아닙니다. 아주 솔직하게 말씀드리자면, 저는 그렇게 힘들어했으면서도 동시에 얼마 되지 않은 기간이지만 예전처럼 다시 자유로운 몸이 되었고, 또 나 자신의 일상을 스스로 결정할 권리가 있는 처지가 된 것에 대해 기분 좋은 긴장 같은 것을 느꼈던 듯합니다. 결혼 초기에 아멜리는 지금보다 훨씬 더 대하기 힘들고 변덕이 심했으며 짜증과 질투를 지금보다 훨씬 더 많이 부렸거든요. 워낙 자유분방한 성격이었던 제 아내는 세월이 흐르는 사이 늘 중용을 유지하는 저의 생활 리듬에 적응하는 법을 배웠습니다. 하지만 당시 아내는 그녀가 소유하고 있던 재산에 힘입어 제 위에 군림하던 여주인이었고, 또 얼마든지 자기 성질대로 행동할 수 있었지요. 사람들을 묶고 있는 잔인한 기본 관계는 각 개인이 갖춘 문화와 교육 수준, 가정 교육 그리고 그와 비슷한 다른 정신적인 사치품들에 의해서도 뒤집을 수가 없는 법입니다. 어쨌든 저와 아멜리는 빈 서부역에서 눈물을 흘리며 힘겨운 작별 행사를 치렀습니다. 같은 시기에 교육부는 저를 독일로 파견한다는 결정을 내렸습니다. 독일은 대학 교육을 모범적으로 조직한 나라였기 때문에 제가 그곳에서 그 조직 체계를 직접 보고 배울 수 있게 하려고 내린 결정이었습니다. 대학 설립과 대학 행정은 아시다시피 제가 원래부터 맡고 있었고 또 제가 특별한 역량을 발휘해온 분야입니다. 이 분야에서 제가 쌓은 공적은 제 조국의 교육사에서 쉽게 지워질 수 없을 것입니다. 아멜리는 저희 둘이 헤어져 있는 동안 제가 하이델베르크로 가게 되었다는 소식을 듣고 나름대로 만족스러워했습니다. 유혹이 사방 천지에 깔린 대도시 빈에 저를 혼자 놔두어야 했더라면 그녀는 아마 몹시 괴로워했을 것입니다. 그녀는 독일의 아담하고 작은 대학 도시인 하이델베르크는 빈에 비한다면 전혀 문제가 안 될 거라고 생각했어요. 심지어 저는 아멜리 앞에서 그녀가 빈을 떠나는 날 곧바로 저 역시 제가 맡은 새로운 과제에 전념하기 위해 빈을 떠나겠다는 엄숙한 약속까지 해야 했습니다. 저는 저의 약속을 정확하게 지켰습니다. 솔직히 말씀드리자면, 그 당시는 물론이고 오늘날까지도 아멜리는 제 마음속에 일종의 두려움을 불어넣기 때문입니다. 저는 저보다 더 우월한 그녀의 위치를 극복하는 법을 배우지 못했습니다. 그녀가 당시 가족들의 모든 반대에도 불구하고 보잘것없는 관리였던 저와 결혼하겠다고 고집한 것은 어릴 때부터 응석이란 응석은 다 부려도 괜찮았던 사람, 소원이란 소원은 다 들어주는 부모 밑에서 자란 사람이 부린 사치였습니다. 이미 가진 사람은 더 받아 넉넉해지는 법이지요. 결혼 후 저는 의심할 바 없이 아멜리의 소유 재산 중의 하나로 넘어간 셈입니다. 재정적으로나 사회적으로 막강한 힘을 가진 집안 출신에다가 아무한테도 매이지 않은 엄청난 부자인 아내한테 속해 있으면 큰 장점들을 누릴 수 있지요. 하지만 단점 역시 결코 적지 않습니다. 저는 처음부터 근본적으로 저희 두 사람의 재산을 엄격하게 분리하기로 결정했고 또 그것을 고집해왔습니다. 그럼에도 큰 재산에 내재하는 자연 법칙에 의해 저 역시 자유 의지가 제한된 일종의 소유물이 되는 일을 막을 수가 없었습니다. 그리고 무엇보다 특기할 만한 일은 제가 아멜리를 잃을 경우, 아멜리가 저를 잃을 경우보다 현실적으로 제가 잃을 것이 훨씬 더 많다는 사실입니다. (말이 나온 김에 드리는 말씀입니다만, 아멜리가 저를 잃는다면 그녀는 더 이상 살 수 없을 것입니다.) 이 모든 이유가 결혼한 첫날부터 저를 불안하고 겁 많은 사람으로 만들었습니다. 그랬기 때문에 저는 사람을 비굴하게 만드는 이 약점들을 아내가 눈치채지 못하게 하려고, 그리고 직장에서 성공을 거두어도 그것이 당연한 것인 양 어깨만 한번 들썩이고 마는 늘 장난기 많은 명랑한 남편 노릇을 하기 위해 끊임없이 저 자신을 억제하고 조심해야 했습니다. 눈물을 흘리며 아멜리와 작별하고 나서 스물네 시간 후에 저는 하이델베르크에 도착했습니다. 그곳의 호화로운 호텔 현관 앞에서 저는 발길을 돌렸습니다. 아멜리와 결혼한 덕분에 제가 누리게 된 호화로운 생활 방식이 갑자기 몹시 역겨워졌기 때문입니다. 그것은 대학 시절의 쓰디쓴 가난과 궁핍에 대한 향수 같은 것이었습니다. 또 잊지 말아야 할 것은 당시 하이델베르크 대학생들의 생활과 활동을 연구하는 것이 제가 맡은 과제였다는 사실입니다. 그래서 저는 좁고 저렴한 대학생 대상의 하숙집에 방을 하나 빌렸습니다. 그리고 거기서 다른 학생들과 처음으로 공동 식사를 하는 기회에 저는 베라를 만났습니다. 베라 보름서와 재회했다는 말입니다.

존경하는 여러 재판관님, 제가 지금부터 말씀드리게 될 모든 사항들을 참으로 관대하게 받아들여주시길 부탁드립니다. 저는 당시에 일어난 일들 때문에 지금 고발을 당해 재판관님들 앞에 서 있습니다. 그 일들이 저 자신의 파렴치한 잘못이었다는 사실을 잘 알고 있는데도 불구하고 저는 그때의 일들을 실은 잘 기억할 수가 없습니다. 그래서 재판관님의 양해를 부탁드리는 것입니다. 그때의 일들에 대해 알고는 있지만, 그 앎은 마치 오래전에 어디선가 읽은 책의 내용을 아는 것과 비슷하다고 할 수 있겠습니다. 그 내용을 임시변통으로 되풀이할 수도 있겠습니다만, 그때의 일은 제 과거의 다른 일들과는 전혀 대조적으로 제 마음속에 살아 있지 않습니다. 추상적이고 텅 비어 있어요. 이것은 정말 낯부끄러울 정도로 괴로운 공허입니다. 감정을 넣어 다시 체험하려는 모든 노력은 이 공허 앞에서 주춤거릴 뿐입니다. 제 애인이었던 베라 보름서 양만 해도 그렇습니다. 그녀는 당시 철학과 학생이었습니다. 우리가 하이델베르크에서 다시 만났을 때 그녀의 나이가 스물둘이었다는 사실은 알고 있습니다. 저보다 아홉 살 어렸고 아멜리보다는 세 살 위였어요. 보름서 양보다 더 가냘프고 우아한 자태를 한 여자를 평생 단 한 번도 만난 적이 없다는 사실 역시 저는 알고 있습니다. 아멜리는 키가 아주 크고 날씬하지요. 하지만 아멜리는 이 날씬한 몸매를 유지하기 위해 끊임없는 고투를 해야 합니다. 그녀의 단단한 몸매는 살찌는 체질을 타고났으니까요. 제 여자 취향에 대해 아멜리에게 단 한마디 말도 한 적이 없습니다. 그런데도 아멜리는 제가 화려하고 풍만한 타입의 여자를 쳐다보지도 않는다는 사실, 그보다는 어린아이처럼 천진하고 바람이 불면 날아갈 듯한 여자, 투명하고 감동적일 만큼 나약해 보이는 여자, 만지면 부서질 것 같은 여자이지만, 그러면서도 생각이 깊고 그 무엇도 겁내지 않는 영혼까지 갖춘 여자에 대해 견딜 수 없는 호감을 품는다는 사실을 본능적으로 깨닫고 있었습니다. 아멜리는 짙은 금발인 데 비해 베라는 가운데 가르마를 탄 칠흑같이 검은 머리에 그 머리와 감동적일 만큼 대조되는 짙푸른 눈동자를 가진 여자입니다. 이렇게 상세한 보고를 드리는 이유는 제가 그 사실을 알고 있어서이지 베라의 모습이 눈에 선하기 때문이 아닙니다. 애인이었던 보름서 양을 저는 마음속 눈으로 보고 있습니다. 어떤 멜로디를 재현해 낼 수는 없으면서도 그 멜로디에 대한 의식을 마음속에 품고 있는 것과 같은 이치이지요. 이미 수년 전부터 저는 하이델베르크 시절의 베라를 상상할 수가 없습니다. 그녀를 생각하려고 하면 그때마다 다른 모습의 베라가 기억 속을 비집고 나오기 때문이지요. 그것은 제가 거지처럼 가난한 대학생일 때 처음으로 만난 열네다섯 살 때의 베라의 모습입니다.

보름서 가족은 이곳 빈에 살고 있었습니다. 아버지 보름서 박사는 많은 환자를 치료하느라 아주 바쁜 의사였습니다. 키가 작고 팔다리가 가늘었으며 까만색과 회색이 섞인 작은 수염을 단 분이었지요. 그분은 말씀이 별로 없었어요. 그런데 엉뚱하게, 식사를 하시다가도 느닷없이 의학 잡지라든가 소책자들을 꺼내 다른 사람들은 전혀 아랑곳하지 않고 거기 완전히 몰두하는 버릇이 있었습니다. 그분이야 말로 '머리 좋고 지적인 이스라엘인'의 전형적인 예였습니다. 그분은 인쇄된 종이라면 무턱대고 신봉했고 절대적인 학문에 대한 깊은 믿음을 가지고 있었습니다. 그분 같은 이들은 타고난 본능과 느긋한 여유 대신 학문에 대한 이런 믿음을 가지고 살지요. 보름서 박사는 두루 인정된 진리라고 해도 아무런 이의 없이 순순히 받아들이기를 거부했습니다. 당시 저는 그분의 그런 철저한 엄격함에 큰 감동을 받곤 했습니다. 모든 측면을 남김없이 분석하는 이 날카로움 앞에서 저는 쓸모없는 사람이라는 느낌을 받았고 또 혼란을 겪었습니다. 그분은 아주 오래전에 아내를 잃고 홀아비로 지내고 있었습니다. 그리고 늘 우울해 보이던 그분의 얼굴에서는 비웃는 듯한 미소가 사라지는 법이 없었습니다. 보름서 집안의 살림은 나이 지긋한 부인이 맡아 하고 있었는데, 그이는 간호사 일도 같이 하고 있었습니다. 보름서 박사는 당시에 전문 지식과 정확한 진단 능력에서 의과대학의 유명 교수들을 능가한다는 평가를 받고 있었습니다. 저는 아는 사람의 소개로 베라의 오빠인 열일곱 살 난 자크의 고등학교 졸업 시험 준비를 도와주기로 하고 이 집에 드나들게 되었습니다. 자크는 몸이 아파서 몇 달간 학교 수업을 받지 못했습니다. 졸업 시험이 코앞에 닥친 터라 서둘러 부족한 부분을 보충해야 했습니다. 자크는 얼굴이 창백하고 늘 졸리는 듯한 표정을 하고 있었어요. 그리고 저한테는 좀체 마음을 열지 않았는데, 거의 적대시하는 분위기였습니다. 산만하기 짝이 없는데다 반항심까지 가세해서(왜 그랬는지, 지금이야 그 이유를 알고 있습니다만) 저를 몹시 괴롭혔습니다. 그는 전쟁이 발발하자 곧장 지원병으로 나가 전사하고 말았습니다. 라바 루스카에서요. 그렇긴 해도 제 인생에서 가장 힘든 시절, 여러 달 동안 안정된 가정교사 자리를 얻게 된 것이 저는 너무도 기뻤습니다. 그 시절 제 앞에는 아무런 미래도 없었습니다. 그보다 한 학기 뒤에 제가 속해 있던 숨 막히는 밑바닥에서 밝은 상류 사회로 도약하게 되리라고는 꿈에도 생각하지 못했습니다. 그건 저보다 강인한 성격의 사람이라도 마찬가지였을 테고요. 가정교사로 일을 시작할 때 특별히 그렇게 하기로 한 것도 아닌데, 보름서네 식구는 제가 점심식사를 같이할 수 있게 해주었습니다. 저로서는 큰 행운이었지요. 보름서 박사는 보통 낮 한시경에 집으로 돌아왔습니다. 그 시간이면 자크와 제가 교과서를 붙들고 씨름하고 있을 때지요. 보름서 박사는 점심을 같이 먹자고 저희 둘을 부르곤 했습니다. 유감스럽기 짝이 없는 제 이름 때문이었겠지만, 식사 때 그분은 고대 스파르타의 왕 레오니다스와 그의 영웅적인 전사들의 유명한 비문을 익살스럽게 고쳐 큰 소리로 읊곤 했습니다.

"방랑자여, 스파르타에 가거든,

우리가 조국의 법이 명령하는 대로

이곳에서 맛있게 먹고 있노라고 전해다오."*

그것은 그다지 심한 농담이 아니었지만, 이상하게 그때마다 저를 부끄럽게 하고 또 마음 상하게 했습니다. 보름서네 집에서 점심식사를 하는 일은 시간이 지나면서 제가 누리는 당연한 권리가 되었습니다. 베라는 식사 시간에 늘 늦곤 했습니다. 그녀 역시 자기 오빠처럼 인문계 고등학교 학생이었어요. 그렇지만 그녀가 다니던 학교는 조금 먼 구역에 있었기 때문에 집으로 돌아오는 데 한참 걸렸지요. 그당시 그녀는 아직 긴 머리를 하고 있었습니다. 머리카락이 가냘픈 그녀의 어깨에 찰랑찰랑 닿았어요. 월장석에서 깎아낸 듯한 그녀의 작은 얼굴은 긴 속눈썹으로 그늘진 커다란 두 눈 때문에 더 작아 보였지요. 사람을 혼란스럽게 만드는 그녀의 푸른 눈빛은 어느 추운 낯선 땅에서 와 까만 눈썹과 속눈썹 아래에서 길을 잃은 것처럼 보였습니다. 그녀가 저를 쳐다보는 경우는 아주 드물었습니다. 그녀의 눈길은 제가 이제까지 살아오면서 견뎌야 했던 눈길 중에서

---

* 비문의 원문: "방랑자여, 스파르타에 가거든 우리가 조국이 명령하는 대로 이곳에 죽어 누워 있다고 전해다오."

가장 거만한 눈길, 가장 다가가기 힘든 소녀의 눈길이었습니다. 저는 그녀 오빠의 가정교사에 지나지 않았습니다. 여드름투성이의 창백한 얼굴에 눈은 항상 충혈되어 있는 보잘것없는 대학생이었어요. 무의미하고 하찮은 사람이었고, 겁 많은 사람 그 자체였습니다. 과장하는 게 아닙니다. 제 인생의 전환점, 정말 믿기 어려운 그 전환점이 오기 전까지 저는 분명 못생기고 매너가 어설픈 젊은이였습니다. 그래서 저는 남자들은 다 저를 깔보고 여자들은 한결같이 저를 비웃는다고 느꼈습니다. 그러니까 저는 당시 제 인생의 가장 깊은 '밑바닥'에 도달해 있었던 셈이지요. 이런 초라한 대학생이 언젠가 출세하게 되리라고는 어느 누구도 상상하지 못했을 것입니다. 저 역시 상상 못했고요. 저의 자신감은 완전히 고갈된 상태였습니다. 몇 달에 걸친 비참한 시기에 얼마 안 가 자신에 대해 한없이 놀라게 될 줄 어떻게 예감할 수 있었겠습니까? (그런데 그 후 이렇다 하게 한 일이 없는 것 같은데도 그 모든 일들이 다 일어났지요.) 스물세 살, 궁색하고 비참하게 살고 있던 저는, 그러니까 발육이 아직 덜 된 여우원숭이 같은 존재였던 것입니다. 그러나 아직 어린 소녀였던 베라는 나이보다 훨씬 성숙하고 정신적으로 안정되어 보였습니다. 식사 도중 그녀의 눈길이 저를 스칠 때마다 저는 북극의 냉혹한 날씨와도 같은 그녀의 싸늘한 무관심 아래에서 몸이 뻣뻣해지곤 했습니다. 그럴 때면 저는 베라가 그녀의 아름다운 눈으로 세상에서 가장 밥맛없고 호감이 가지 않는 사람을 더 이상 볼 필요가 없도록 티끌보다 더 작게 분해되고 싶다고 생각했습니다.

우리는 이 세상을 살아가는 동안 태어나고 죽는 일 말고도 또 하나의 끔찍한 단계를 체험하는 법입니다. 저는 이 단계를, 약간 과장되게 재치를 부린 듯한 표현 방식에 완전히 동의하지는 않습니다만, '사회적인 해방'이라고 부르고 싶습니다. 이 표현이 뜻하는 바는 다름이 아니라, 젊은 사람이 도무지 일말의 중요성도 가치도 가지고 있지 않던 단계를 벗어나 극도로 고통스러운 정신적인 긴장을 이겨내고 기존 사회의 테두리 안에서 맨 처음 자기 확신을 얻는 단계로 넘어가는 과정을 말합니다. 얼마나 많은 사람들이 이 과정에서 무너지거나, 아니면 적어도 평생 가슴속에 안고 살아야 할 상처를 입는지요! 쉰 살이 된다는 것, 그것도 온갖 영예를 누리며 품위를 갖춘 상태로 쉰 살이 된다는 것은 완벽한 업적입니다. 스물세 살 때, 그런 생각을 하기에는 좀 늦은 나이였지만, 저는 날마다 죽고 싶었습니다. 특히 보름서 박사네 가족과 식사를 할 때는 그런 마음이 더 강하게 들었습니다. 저는 그때마다 날아갈 듯 가벼운 걸음으로 집으로 들어오는 베라를 두근거리는 가슴으로 기다렸습니다. 그녀가 현관문에 나타나면 저는 끔찍스러운 환희에 빠져 목이 콱 막히곤 했습니다. 그녀는 먼저 아버지의 이마에 가볍게 키스를 한 다음 오빠의 어깨를 탁 쳤습니다. 그러고 나서 방심한 얼굴로 제게 손을 내밀어 악수를 청했습니다. 그녀는 어쩌다가 가끔 저에게 말을 걸기도 했지요. 대부분 그날 그녀가 학교에서 배운 것들에 대한 질문이었습니다. 그러면 저는 온갖 갈망이 가득 담긴 목소리로 저의 뛰어난 실력을 보여주려고 무진 애를 썼습니다. 하지만 단 한 번도 그 일에 성공한 적이 없었습니다. 늘 제가 오류를 모르는 지식의 샘이라고 생각했는데, 베라는 자기는 그런 지식의 샘 따위는 전혀 알 바 아니라는 투로 물었기 때문이지요. 그래서 그때마다 베라가 시험관이고 저는 시험을 치르는 사람이라는 느낌이 들곤 했습니다. 그녀는 단 한 가지도 무턱대고 믿지 않았습니다. 그 점에서 그녀는 아버지 보름서 박사의 진짜 딸이었지요. 그녀는 허영으로 가득 찬 저의 장황한 설명을 "그게 왜 그렇죠?"라는, 결코 관대하지 않은 질문으로 자르곤 했습니다. 그럴 때 베라의 눈길은 저를 스치고 지나가 다른 곳을 향하고 있었어요. 진리에 대한 그녀의 애착은 저를 너무도 혼란스럽게 만들어 그때마다 말문이 막히곤 했습니다. 저는 단 한 번도 "왜?"라고 묻지 않았으며 배운 모든 것이 옳다고 한 치의 의심도 없이 믿었습니다. 이상한 일이 아니지요. 저는 배워야 할 교재를 '암기하는 일'을 최선의 공부 방법으로 여기던 학교 선생의 아들이었으니 말입니다. 베라는 가끔 저를 함정에 빠뜨리고 싶어 하기도 했습니다. 그럴 때면 너무 열심히 답변하다 그만함정에 빠지곤 했습니다. 그러면 보름서 박사는 빈정대다가 피곤해진 탓에 나온 미소인지, 아니면 피곤해서 빈정대는 미소인지 그 누구도 알 수 없는 미소를 짓곤 했지요. 베라의 총명함과 그녀의 비판적인 정신 그리고 그 누구의 꼬임에도 속아넘어가지 않는 강인한 성격을 능가하는 것은단 한 가지밖에 없었습니다. 그녀의 매혹적인 자태 말이죠. 그녀를 볼 때마다 저는 숨이 막히곤 했습니다. 그녀 앞에서패배를 거듭할수록 사랑은 절망적으로 깊어만 갔습니다. 몇 주 동안 저는 더는 잔인할 수 없는 극도의 감상에 빠져고통스러워했습니다. 밤이면 저는 베개가 다 젖도록 눈물을 흘렸습니다. 몇 년 후면 빈의 남자들이 가장 열렬히 구애하는 아름다운 여자를 아내로 맞게 될 제가 말입니다. 하지만 불행했던 그 몇 주 동안 저는 아무리 애를 써도 엄격한 이 여고생의 마음에 드는 사람은 결코 될 수 없을 거라고 믿었습니다. 저는 절망으로 가득 차 있었습니다. 그토록열망했던 베라라는 소녀의 두 가지 본질적인 특징이 끊임없이 저의 무가치함을 상기시키면서 저를 구렁텅이로 몰아

넣었습니다. 첫번째 특징은 그녀의 정결한 정신이었고, 두 번째는 그녀의 이국적인 모습이 가진 매력이었어요. 그 매력 앞에서 저는 소름 끼치는 황홀함을 느꼈습니다. 제가 거둔 유일한 승리가 있다면, 이런 마음을 그녀가 전혀 눈치채지 못하도록 행동했다는 점이었습니다. 저는 베라를 거의 쳐다보지 않았고 식사할 때는 딱딱하고 냉담한 표정을 짓느라 전력을 다했습니다. 감상에 젖은 불운아에게 자주 일어나는 일들이 저에게도 일어났습니다. 자꾸만 서투른 실수를 저질러 자신을 웃음거리로 만들었거든요. 예를 들어 저는 베라가 유난히 아끼는 베네치아산 유리잔을 건드려 그만 바닥에 떨어뜨리고 말았습니다. 새로 깐 식탁보 위에 적포도주를 엎지르기도 했습니다. 어떤 때는 너무도 당황한 나머지 그리고 미련스러운 자존심 탓에 식탁에 차려진 음식을 사양했습니다. 그러면, 어디서도 저녁을 얻어먹을 희망이 없던 저는 식탁에 앉기 전과 똑같이 주린 배를 안고 식탁에서 일어나야 했어요. 그건 어리석지만 그래도 영웅적인 금욕이었지요. 그러나 베라는 저의 그런 행동에 조금도 감동하지 않았습니다. 한번은 줄기가 아주 긴 무척이나 예쁜 장미를 사들고 보름서네 집에 갔습니다. 꽃값을 치르느라 저는 한 달 치 방세를 미뤄야 했습니다. 그런데 저는 장미를 베라에게 줄 용기가 없었습니다. 결국 현관 장롱 뒤에 집어넣어버렸어요. 장미는 그곳에서 빛을 잃고 썩었겠지요. 간단히 말씀드리자면, 저는 지나간 시대의 희극에나 나오는 수줍은 애인처럼 행동했습니다. 물론 그보다 더 고집스럽고 더 삐뚤어져 있어서 골치 아팠던 것이지요. 한번은 이런 일도 있었습니다. 모두가 디저트를 먹고 있을 때였지요. 저는 새 바지를 살 돈이 없어 치수에 맞지 않는 너무꽉 끼는 바지를 입고 있었는데, 남한테 보이기에 가장 민망한 부분이 갑자기 찢어져버렸습니다. 수년 전부터 입고 다니던 상의는 그동안 제 키가 더 자라서 바지의 찢어진 부분을 가려줄 수 없었습니다. 맙소사, 식사가 끝나고 나서 찢어진 부분을 들키지 않고 베라 곁을 지나가려면 어떻게 해야 할 것인가? 저의 자존심이 당시의 그 몇 분 동안 겪어야했던 지옥과도 같은 체험을 저는 그전에는 물론이고 그 후에도 결코 하지 않았습니다.

존경하는 여러 재판관님, 보름서네 집을 드나들던 시절그리고 불행했던 저의 첫사랑이자 마지막 사랑이 일어났던 그 시절에 생각을 집중하니까 저의 기억이 술술 풀리고있다는 것을 재판관님들도 아시겠지요. 물론 재판관님들께서 다음과 같이 말씀하신다 해도 저는 거기에 이의를 제기할 수 없을 것입니다. '피고인, 핵심에서 벗어나지 마시오. 우리는 영혼을 치료하는 의사가 아니라 재판관이오. 사춘기의 여파를 나이 들어서도 제대로 극복하지 못한 젊은 이가 자신이 겪은 격렬한 심장의 파동에 대한 이야기를 늘 어놓아 우리를 성가시게 하는 이유가 도대체 뭐요? 피고인 은 그사이 수줍은 성격을 완전히 극복했어요. 그건 피고인 도 인정할 것입니다. 자살한 친구의 연미복을 물려받아 입 고 거울 앞에 섰을 때 당신은 연미복이 당신에게 잘 어울 릴 뿐만 아니라 당신을 잘생긴 남자로 만들어준다는 사실 을 알아차렸습니다. 연미복을 입자마자 당신은 단번에 다 른 사람이 되었습니다. 다시 말해서 당신은 당신 자신이 되 었어요. 그러니 그 지루한 이야기로 도대체 누구의 마음을 울리고 싶은 겁니까? 과거에 일어난 일을 어린아이처럼 들 떠 우리 앞에서 그렇게 늘어놓으면 그게 나중에 저지른 당 신의 행동에 대한 변명이 된다고 생각하는 건가요?'—존 경하는 여러 재판관님, 저는 변명 같은 것은 하지 않습니 다. '보름서 집안에서 가정교사로 일하는 동안 당시 열네 살이었던 베라에게 당신은 그녀에 대한 당신의 감정을 그 어떤 표정으로도 암시하지 않았던 것이 확실하군요.'—예, 전혀 암시하지 않았습니다. '그렇다면 피고인은 자기 변론 을 계속하도록 하시오! 하이델베르크의 한 대학생 하숙집 에 방을 하나 빌려 들어갔다고 했소. 거기서 피고인은 나 중에 피해자가 될 베라를 다시 만났고요.'—그렇습니다. 저는 그 작은 하숙집에 방을 하나 얻어 들어갔습니다. 그리고 얼굴을 못 본 지 칠 년이라는 세월이 흐른 후에, 하숙집에서 다른 사람들과 처음으로 식사를 같이하는 자리에서 곧장 베라 보름서를 다시 만나게 되었습니다. 자크가 저의 도움으로 고등학교 졸업 시험에 합격한 후 보름서네 가족은 독일로 이사를 갔습니다. 프랑크푸르트의 한 사설병원 원장으로 와달라는 제의를 보름서 박사가 받아들인 것이지요. 그러나 제가 베라를 다시 만났을 때는 그녀의 아버지도 그리고 그녀의 오빠도 더 이상 이 세상 사람이 아니었습니다. 그녀는 완전히 혼자 삶 가운데 서 있었습니다. 그럼에도 그녀는 외롭다기보다는 자유롭고 또 자립적인 삶을 산다는 느낌이 더 많이 든다고 주장했어요. 우연의 힘으로 저는 하숙집의 긴 식탁에서 베라 바로 옆자리에 앉게 되었습니다……

존경하는 여러 재판관님, 저는 변론을 잠시 중단하겠습니다. 저의 표현 방식이 점점 더 진부해지고 무뎌지고 있다는 것을 스스로 깨달았기 때문입니다. 집중하려고 애를 쓰면 쓸수록 저의 상상력이 더욱더 말을 듣지 않아 괴롭습니다. 스스로 생각을 금지했던 옛일, 기억의 금지된 공간에 제가 지금 다가가고 있습니다. 가령 바로 그 첫 식사 자리에서 일어난 논쟁만 해도 그렇습니다. 당시 유행처럼 많은 사람의 관심을 끌었던 어떤 학문적인 주제를 놓고 일어났던 논쟁이라는 사실은 기억이 납니다. 그리고 그 논쟁이 벌어지는 동안 베라가 제 의견에 가장 격렬하게 반대했다는 사실도요. 하지만 평소 믿을 만한 저의 기억력에도 불구하고 그 논쟁의 내용에 대해서는 단 한 가지도 기억이 나지 않는군요. 아마도 저는 베라의 분석적인 비판에 맞서 관습의 편을 들었을 테고 그렇게 해서 다수의 박수갈채를 받았을 것입니다. 정말입니다. 예전 마음씨 좋은 보름서 박사 가족의 식탁에서 거듭했던 패배를 저는 더 이상 당하지 않았습니다. 저는 그사이 서른한 살의 나이가 되어 있었고 교육부 소속 파견 공무원으로 멋지고 비싼 옷을 입고 있었습니다. 그리고 그날 이미 여러 사람이 제가 대학총장과 담소하는 모습을 보았지요. 게다가 저는 돈방석 위에 앉아 있는 사람이었어요. 그러니까 저는 내적으로나 외적으로나 식탁의 다른 어떤 젊은이들보다 훨씬 더 우월한 위치에 놓여 있었습니다. 베라 역시 그 젊은이 중의 한 사람이었고요. 그 전 몇 해 동안 저는 대단히 많은 것을 배웠습니다. 저의 상관들은 사람들을 대할 때 늘 몹시 상냥하고 친절한 자세로 자신들의 생각이 옳고, 또 바로 자신들이 권력을 쥐고 있다는 사실을 분명하게 못박을 줄 아는 처세술을 터득한 사람들이었어요. 전통적으로 옛 오스트리아 관리들의 지혜로운 특성이지요. 저는 그런 상관들의 자세를 유심히 살피고 그대로 따라 했습니다. 그리고 저는 말솜씨가 좋았습니다. 아니, 그 이상이었어요. 저는 아주 여유 있게 말을 하되, 제 말을 들은 뒤 모두 다 입을 다물도록 하는 재주를 가지고 있었습니다. 저는 상당한 고위직 인사들과 만나고 있었지요. 그러면서 그들이 가지고 있던 관점과 의견을 제 자신의 관점을 뒷받침하기 위해, 때로는 반대 논거로 때로는 찬성의 논거로 딱 들어맞게 이용할 수 있게 되었습니다. 저는 우리 사회의 엘리트들과 알고 지냈을 뿐만 아니라 바로 그 엘리트의 일원이기도 했던 것입니다. 평범한 계층 출신의 젊은 사람들은 자신의 '사회적인 해방'에 도달하기에 앞서, 세상 속으로 뛰어들어가는 일을 너무 어렵게 생각하는 법입니다. 제 경우를 예로 들어볼까요. 제가 세상 사람들이 놀랄 정도로 빨리 그리고 크게 출세할 수 있었던 것은 제게 무슨 탁월한 능력이 있어서가 아닙니다. 그보다는 제게 세 가지 음악적 재능이 있었던 것 같습니다. 저는 사람의 허영심을 간파하는 섬세한 귀를 가진데다, 연주자가 정확히 박자를 맞추듯 그때그때의 상황을 재빠르고 빈틈없이 파악하고 거기에 맞게 처신할 줄 알았습니다. 이 두 가지 재능 외에도 제게는 한 가지 재능이 더 있었습니다. 그리고 제 생각에는 이 세번째 재능이 가장 결정적인 것 같습니다. 다름이 아니라 제 의견을 접어버리고 더할 수 없이 유연하게 남을 흉내 낼 줄 아는 기술입니다. 이건 물론 제가 줏대 없는 나약한 성격의 소유자이기 때문에 가능했지요. 만약 제게 이 세 가지 재능이 없었다면, 사교댄스의 기본 스텝도 모르던 제가 어떻게 젊은 시절 가장 인기 있는 왈츠 파트너가 될 수 있었겠습니까? 이제 한때 우스꽝스럽기만 한 가정교사였던 제가 그 시절 흠모해 마지않던 베라 앞에 나서고 있었습니다. 제 기억에 베라는 처음에 저를 못마땅해했지만, 시간이 지날수록 저를 점점 더 놀란 눈으로 쳐다보았던 것 같습니다. 그러는 그녀의 두 눈은 자꾸만 더 커졌고 점점 더 푸르러졌어요. 예전에 베라에게 품고 있던 연정은 단숨에 되살아났습니다. 아마 그랬을 거라고 믿고 있을 뿐만 아니라, 정말 그랬다는 사실을 지금도 분명하게 알고 있습니다. 사람들과 벌이는 도박, 상대가 남자든 여자든 상관없이 저는 그 도박의 이치를 그동안 이미 배워두었던 겁니다. 하지만 그때의 그 도박은 정말 뻔뻔스러운 도박이었을 뿐만 아니라 한 걸음 한 걸음 죄를 향해 다가갈 수밖에 없는 미친 듯한 강박이기도 했습니다. 죄를 짓게 되리라는 것은 이미 처음부터 확실했지요. 저는 저 자신을 잘 절제했다고 기억합니다. 그리고 타오르는 열정을 조금도 겉으로 드러내지 않았고요. 예전에는 딱한 자만심 때문에 그랬지만 이번

에는 아니었습니다. 저는 목표에 도달하려는 노력을 즐기
느라 마음을 얼른 드러내지 않았어요. 어떻게 하면 날마다
자신을 더 돋보이게 할 수 있을지 정확하게 심사숙고했습
니다. 외모에 각별히 신경을 썼을 뿐만 아니라 정신적인 면
에서도 탁월하려고 노력했어요. 저는 최대한 신경을 써서
그녀의 마음에 들 만한 작은 선물들을 골랐습니다. 그러나
제가 베라의 마음을 결정적으로 사로잡게 된 이유는 다른
데 있었어요. 저는, 주변 사람들이 무어라 하든 전혀 아랑
곳하지 않고 고집하고 있던 그녀의 급진적인 의견에 저 역
시 마음속으로는 동조하고 있지만, 저의 높은 지위 그리고
국가가 개인에 우선한다는 원칙 때문에 억지로 '중간노선'
을 유지하고 있다고 말했습니다. 베라는 제가 앓고 있던
'관습의 허위'라는 병으로부터 저를 치료했다는 사실을 확
인하자 얼굴을 붉히면서까지 기뻐했습니다. 이런 식으로
저는 적절한 순간을 기다리고 있었습니다. 말하자면 느낌
으로 알아차릴 수 있는 그런 순간을 말이지요. 그 순간은
제가 감히 기대도 못하고 있던 것보다 더 빨리 왔습니다.
제가 그 하숙집에 머물게 된 지 나흘째인가 닷새째 되던
날 베라는 저에게 몸을 맡겼습니다. 그때의 그녀 얼굴은
지금 선명하게 떠오르지 않는군요. 하지만 완전히 제 사람
이 되기 직전 그녀는 너무도 놀란 나머지 딱딱하게 굳어

있었습니다. 아직도 저는 그때의 그 느낌을 기억하고 있습니다. 그 일이 일어났던 장소는 생각나지 않습니다. 모든 게 완전히 지워지고 어둠만이 남아 있습니다. 어떤 방에서 그 일이 일어났는가? 밤하늘 아래에서 나뭇가지가 흔들렸던가? 아무것도 기억나지 않지만 찬란했던 그 순간의 느낌을 저는 제 마음속에 아직 품고 있습니다. 아멜리는 잠자리에서 마치 고용주처럼 격렬하게 요구하는 여자였습니다. 그러나 베라는 전혀 달랐어요. 그녀는 일단 너무나 놀란 나머지 뻣뻣하게 경직되어 있었어요. 그러나 얼마 후 그녀의 부드러운 입술은 숨을 내쉬며 긴장이 풀렸고 제가 두 팔로 안고 있던 어린 소녀 같은 그녀의 팔다리는 꿈꾸듯 느슨해졌습니다. 나중에 그녀는 수줍어하며 저에게 더 가까이 다가오려고 했습니다. 그것은 부드러운 신뢰였으며 믿음으로 가득 찬 몸짓이었습니다. 날카로운 비판자였던 베라, 그런데 베라처럼 절대적으로, 그리고 그녀처럼 순진하게 믿을 수 있는 사람은 이 세상에 결코 없을 것입니다. 베라는 늘 말투가 자유분방했고 행동 역시 자주 무분별했습니다. 그런데 그런 겉모습과는 전혀 반대로 제가 그녀의 첫 남자임을 그 순간 알아차릴 수 있었습니다. 저는 신랄함과 고통으로 지켜진 처녀성이 거룩한 어떤 것이라는 사실을 그때까지 전혀 모르고 있었습니다……

존경하는 여러 재판관님, 여기서 변론을 멈춰야겠습니다. 여기서 더 나아간다면 깊은 숲 속으로 빠져버리게 될 겁니다. 당시 저는 의식적으로, 나쁜 의도를 가지고 그 깊은 숲 속으로 파고들어갔습니다. 그럼에도 불구하고 지금 저는 그 깊은 숲의 입구를 더 이상 못 찾겠습니다. 그렇습니다. 우리의 사랑은 깊은 숲과도 같은 것이었습니다. 당시 저는 사랑하는 그녀와 함께 이곳저곳 많이 돌아다녔던 것 같습니다. 타우누스 산, 슈바르츠발트 그리고 라인란트의 여러 소도시와 마을을 같이 구경했을 테고, 수많은 술집과 포도 덩굴로 뒤덮인 정자, 야외 식당 그리고 천장이 둥근 작은 방에서 사랑을 나누었던 게 분명합니다. 그런데 저는 모든 것을 다 잃어버렸습니다. 모든 것이 다 텅 비어 있을 뿐입니다. 그렇지만 재판관님들은 그런 것을 묻지 않으시겠지요. 그보다도 죄를 지었다는 사실을 고백하겠느냐고 물으실 테죠. 네, 죄를 지었다고 고백합니다. 그러나 저의 죄는 베라를 유혹했다는 단순한 사실을 의미하는 것이 아닙니다. 저는 제게 몸을 바칠 마음이 있던 여성을 제 사람으로 만들었기 때문이지요. 그보다 저의 죄는 다름이 아니라, 나쁜 의도를 품고 그녀를 정말 남김없이 제 여자로, 제 아내로 만들었다는 데 있습니다. 그때까지 저는 아멜리를 포함해서 어떤 여자도 그토록 남김없이 제 여자로, 제

78

아내로 만든 적이 없었습니다. 지금은 제 기억 속에 선명히 떠오르지 않는, 베라와 보낸 그 6주 동안의 시간은 제 인생에 존재했던 진정한 부부 관계를 의미합니다. 삶의 모든 것을 의심하던 여성에게 저에 대한 엄청난 믿음을 심어준 뒤, 저는 그 믿음을 아무것도 아니라는 듯 철저하게 부숴버린 것입니다. 그게 제가 저지른 범죄입니다. 이런 말씀을 드려 죄송합니다. 용서하십시오. 가만히 보니 존경하는 재판관님들은 허풍만 가득 든 이런 말을 달가워하지 않으시는군요. 저는 '채찍을 등 뒤에 감춘 은근한 남자'처럼, 비열한 혼인 빙자 사기꾼처럼 행동했습니다. 저의 그런 못된 행동은 이 세상에서 가장 진부한 속임수로부터 시작되었습니다. 결혼반지를 숨긴 겁니다. 첫번째 거짓말을 하고 나니 두번째 거짓말이 불가피했고 그 후 수백 개의 거짓말 역시 하지 않을 수 없었습니다. 그런데 제가 지금부터 드리려는 말씀은 제가 지은 죄의 자극적인 효과에 대한 것입니다. 이 모든 거짓말과 그 거짓말들을 곧이곧대로 믿는 베라의 순진함은 저의 관능적인 쾌락을 이루 상상할 수 없을 정도로 자극했습니다. 저는 베라 앞에서 그녀가 감동하지 않을 수 없도록 온갖 열성을 다해 우리 두 사람의 공동의 미래를 설계했습니다. 저는 우리 둘이 살 집을 빈틈없이, 정말 철저하게 계획하여 베라의 마음을 황홀하게 만들었습니다. 저는 제가 세운 계획 가운데 단 한 가지도 소홀히 하지 않았습니다. 우리가 앞으로 살 집의 방을 어떻게 나눌 것인지, 어떤 가구로 집을 꾸밀 것인지, 빈의 어느 구역에 거주해야 우리 둘에게 가장 이로울 것인지도 역시 빠트리지 않고 계획했습니다. 그리고 제 눈에 베라와 교제할 만한 자격이 있다고 여겨지는 사람들을 언제 어떻게 고를 것인지에 대해서도 베라 앞에서 이야기했습니다. 그들 중에는 당연히 가장 탁월한 정신의 소유자들, 접근하기 가장 어려운 반정부 인사들도 들어 있었습니다. 저의 상상력은 끝이 없었지요. 염두에 두지 않거나 고려에 넣지 않은 사항은 단 한가지도 없었습니다. 행복으로 반짝반짝 빛날 우리의 결혼생활의 일정표를 가장 사소한 부분까지 짰습니다. 저는 베라에게 하이델베르크에서 하던 공부를 그만두고 제가 곁에 있는 빈에서 공부를 마치는 게 좋겠다고 말했습니다. 우리는 프랑크푸르트의 제일 좋은 상점들을 찾아갔습니다. 저는 우리의 새살림을 위해 물건을 구입하기 시작했어요. 더자세히 말하자면, 저는 저의 관능적인 쾌락을 부채질하기위해 두 사람만의 은밀하고 밀착된 시간에 필요한 온갖 물건들을 사기 시작한 겁니다. 저에 대한 그녀의 신뢰를 한층더 높이기 위해 그녀에게 셀 수 없이 많은 선물을 안겨주었습니다. 그녀의 거센 반대에도 아랑곳하지 않고 모든 혼수를 사주었어요. 제 인생 처음으로 돈을 물 쓰듯 썼습니다. 돈이 다 동이 나자 집으로 전보를 쳐서 큰 액수의 돈을 부치도록 했습니다. 하루 종일 미친 듯이 다마스크 산 피륙과 아마포, 비단, 레이스 그리고 산더미처럼 쌓인 면사포처럼 부드러운 여자 스타킹 등등을 이리저리 들추어보면서 좀더 나은 물건을 골랐습니다. 베라의 내부에서 이스라엘인이 가진 지성의 얼음이 녹아버리고 황홀감에 도취한 여자가 드러났을 때, 그것은 저에게 이루 말로 표현할 수 없는 자극적인 쾌감을 안겨주었습니다. 베라의 여자다움은 너무도 사랑스럽고 이국적이었습니다. 그녀는 남자인 저에게 조건 없이 자기를 맡겼습니다. 그것은 이스라엘 민족의 특색이기도 하지요. 존경하는 여러 재판관님, 저는 그때 그녀의 모습이 생각나지 않습니다. 하지만 저는 느끼고 있습니다. 저희 둘이 손을 잡고 서로의 손가락을 꽉 낀 채 거리를 걸어 다니던 그때의 그 감촉을 저는 아직도 느끼고 있습니다. 아아, 그녀의 찬 손! 부서질 듯 가냘프기만 했던 그녀의 손가락! 그 손가락들이 지금도 제 손 안에 있는 듯 느껴집니다. 그리고 그녀가 제 옆에서 걸어갈 때 그녀의 발걸음이 담고 있던 멜로디, 저와 마음이 하나임을 드러내던 그 멜로디 역시 아직도 느끼고 있습니다! 그녀와 손을 잡고 발을 맞추어 걸었던 그때처럼 아름다운 일을 아직 체험

해보지 못했습니다. 그렇지만 제 존재 전체로 그런 아름다움을 체험하면서 동시에 우리 둘의 관계에 저지르려고 작정하고 있던 치명적인 죽음 역시 무섭도록 전율하며 즐기고 있었습니다. 그러다가 어느 날 작별의 시간이 왔습니다. 베라에게는 즐거운 작별이었습니다. 잠시만 헤어져 있다가 제가 그녀를 영원히 제 곁으로 데리러 오겠다고 약속했기 때문이지요. 기차 창문 아래 서 있던 그녀의 얼굴이 기억나지 않습니다. 그녀는 아마도 평온한 믿음으로 가득 차 저를 향해 미소를 짓고 있었겠지요. "잘 지내고 있어, 내 생명. 두 주만 참아. 그러면 내가 데리러 올게!" 저는 그녀에게 이렇게 말했습니다. 그러나 객실에서 좌석을 찾아 혼자가 되었을 때, 저는 몇 주간에 걸친 긴장이 풀린 탓인지 자리에 풀썩 주저앉아 마취제를 맞은 듯 깊은 잠에 빠져들고 말았습니다. 저는 그렇게 몇 시간 동안 아무도 깨울 수 없는 곤하디곤한 잠을 잤습니다. 어느 큰 역에서 기차를 바꿔 타야 했는데 그것도 모르고 그만 내리 자버렸습니다. 그러는 바람에 이 역 저 역을 하릴없이 방황하다가 결국 한밤중에 아폴다라는 이름의 도시에 도착했습니다. 그 사실은 제가 아직 잊지 않고 있습니다. 베라의 얼굴은 더 이상 기억나지 않지만 제가 날이 새기를 기다리며 앉아 있었던 아폴다역의 그 쓸쓸한 식당은 선명하게 떠오릅니다……

레오니다스는 아마도 이런 식으로 자기 변론을 해야 했을 테다. 그는 그 어떤 법정에서도 이렇게 전후 관계를 조리 있게 서술할 것이다. 모자이크를 이루고 있던 작은 돌들이 하나도 빠짐없이 그의 의식 속에 들어 있었기 때문이다. 사랑과 죄에 대한 그의 느낌은 그 안에 들어 있었다. 단지 구체적인 모습과 장면들은 그가 그것들을 붙잡으려고 할 때마다 달아나버리곤 했다. 그리고 무엇보다도 예상치 못한 소송을 치러내야 할 것 같다는 느낌이 그를 붙잡고 놔주질 않았다. 바람 한 점 일지 않는 날씨였다. 그는 그런 날씨의 한가운데에서 거리를 걸어가고 있는 듯한 느낌이었다. 이 끔찍스럽게 무거운 날씨가 모든 것을 머릿속에서 '정돈하여 준비하려는' 그의 노력을 무산시켰다. 그는 자신을 붙들고 있던 생각의 손아귀가 점점 더 둔해지는 것을 느꼈다. 그리고 그 느낌은 그를 기분 좋게 만들어주었다. 빨리 결정을 내려야 하지 않을까? 그의 마음속 어느 한구석에서, 그리고 그의 외부 어느 곳에서 재판관들이 관료주의적인 집요함으로 협의를 거듭한 끝에 이미 한 가지 확고한 판결을 내리지 않았을까? "자식에게 잘못한 죄를 갚아야 한다." 이것이 판결의 맨 첫 문장이었다. 두번째 문장은 그보다 더 준엄했다. "진실을 회복해야 한다." 그러나 아멜리에게 그 진실을 말해도 될 것인가? 이 진실은 그의 부부 관계를 영원히 파괴할 것이었다. 십팔 년 전의 일이지만 아멜리 같은 사람은 그가 그녀를 속이고 바람을 피웠다는 사실, 그리고 거기에 덧붙여 그토록 오랜 세월 동안 마음속에 거짓을 품고 살아왔다는 사실을 결코 용서하지 않을 것이며 또 분노를 이겨내지도 못할 것이다. 지금 이 순간 그는 마음속에서 그 어느 때보다 더 자기 아내에게 매달리고 있었다. 온몸에 힘이 빠졌다. 베라의 빌어먹을 편지를 왜 그냥 찢지 않고 읽었단 말인가?

레오니다스는 눈을 들었다. 그는 마침 박사인 베라 보름서 양이 묵고 있는 히칭 파크 호텔 앞을 지나가고 있었다. 여러 가지 서로 다른 붉은 색조의 담쟁이덩굴이 뒤얽힌 발코니들이 호텔 앞을 지나가는 사람들에게 상냥한 인사를 건네고 있었다. 10월인 지금 이 시기에 이 호텔에 묵으면 아주 쾌적할 터였다. 호텔 창문들은 앞은 쉔브룬 공원 쪽으로, 오른편은 동물원 쪽으로, 왼편은 옛 황제의 궁전에 속해 있던 '귀족의 별채'라는 이름의 건물 쪽으로 각각 나 있었다. 호텔 입구에서 그는 걸음을 멈췄다. 아마 열 시쯤 되었을 것이다. 행실 바른 남자가 거의 남이나 다름없는 여자를 만나러 호텔 안으로 들어가도 괜찮을 시간은 결코 아니었다…… 들어가라! 가서 찾아왔노라고 알려라!

오래 궁리하지 말고 그냥 즉흥적으로 해결책을 찾아라! 호텔 현관에서 지배인 한 사람이 걸어 나오면서 교육부 차관을 향해 정중한 인사를 건넸다. 하느님 맙소사, 이제는 남한테 들키지 않고 그냥 살금살금 지나가지도 못하는 처지가 되었는가?

레오니다스는 궁전 공원으로 도망쳐 들어갔다. 평소와는 전혀 달리 출근 시간이 많이 지연되었고 장관이 차관은 어디 있느냐고 이미 물었겠지만, 지금 그런 건 아무래도 상관없었다. 바로크식으로 다듬어진 주목 담장 사이로 가로수길이 희미한 선으로 그려진 듯한 먼 곳을 향해 한없이 뻗어 있었다. 그 먼 곳 어딘가 안개 낀 허공 한가운데에 '글로리에테'가 둥실 떠 있었다. 글로리에테는 사람의 손으로 만들어졌지만 실은 영적 세계에 속하는 건축물이었다. 그것은 유령처럼 보이는 개선문, 미몽에서 깨어난 지금 세상과는 아무런 상관없이 절대 왕정체제의 질서 정연한 하늘로 사람들을 인도하는 듯한 개선문이었다. 레오니다스의 주위에서는 꽃이 다 지고 나면 풍기는 여러 냄새와 온갖 먼지 냄새, 젖먹이의 기저귀 냄새가 났다. 유모차의 긴 행렬이 레오니다스 옆을 지나갔다. 엄마와 보모들이 서너 살가량의 아이들 손을 잡고 걸어가고 있었다. 조잘거리거나 칭얼대는 아이들의 높고 낮은 소리가 허공을 가득 채우고 있었다.

레오니다스가 살펴보니 유모차 안에 누워 있는 젖먹이들은 분간할 수 없을 정도로 서로 닮은 모습들이었다. 아기들은 하나같이 자그마한 주먹을 불끈 쥐고, 입술을 앞으로 쑥 내민 채 어린 시절 특유의 깊은 잠에 빠져 있었다.

그는 백 보쯤 걷다가 한 벤치에 무너지듯 주저앉았다. 바로 그 순간 10월의 햇살이 구름 사이를 뚫고 나와 그 앞에 펼쳐져 있던 잔디밭 여기저기에 빛살을 뿌려주었다. 어쩌면 그가 이 일 전체를 지나칠 정도로 심각하게 생각하는지도 모를 일이었다. 베라가 편지에 언급한 젊은이가 실은 그의 아들이 아닐 수도 있었다. "아버지가 누군지는 항상 확실하지 않다"—로마법이 이미 이렇게 단언하지 않았는가 말이다. 친자 확인은 결국에 가서 베라뿐만 아니라 그의 결정에도 달린 문제였다. 어느 법정에서든 그는 자신이 결코 젊은이의 아버지가 아니라고 주장할 수 있었다. 레오니다스는 자기 바로 옆에 앉아 있는 사람에게 눈길을 돌렸다. 나이 든 신사 한 사람이 벤치에 앉아 자고 있었다. 실은 나이 든 신사가 아니라 그냥 늙은 남자였다. 그는 너무 오래 써서 닳고 닳은 모자에 깃이 목 위까지 올라오는 구식 와이셔츠를 입고 있었다. 동정심 없는 사람들은 그의 그런 차림새를 보고 이 늙은이가 왕년에는 돈깨나 있었지만 세월이 흐르면서 궁색해졌구나 하고 생각할 터였다. 그러나 그는 몇 년 전부터 실직 상태에 있는, 돈 많은 남의 집 시중들어주는 일을 하던 사람일 수도 있었다. 마디 굵은 노인의 두 손은 누군가를 질책하듯 쪼그라든 허벅지 위에 무겁게 놓여 있었다. 레오니다스는 이런 모습으로 잠을 자는 사람을 가까이서 지켜본 적이 그때까지 한 번도 없었다. 늙은이가 입을 약간 벌린 채 자고 있었으므로 이 빠진 자리가 쓸쓸하게 드러나 보였다. 그런데 숨을 쉬고 있을 텐데도 몸의 움직임이 전혀 눈에 띄지 않았다. 이제는 더 이상 다듬어질 리 없는 완전히 망가진 이 얼굴에서는 얼굴 전체를 덮고 있는 깊은 골과 주름들이 하나같이 다 눈 쪽으로 집중되어 있었다. 그것은 이 늙은이가 살면서 거쳐온 좁은 산길이며 수렛길이고 또 마차길이리라. 그 길들은 이제 사람들이 버리고 떠난 땅에 놓여 흙 속에 파묻혀버렸고 잡초만 무성했다. 그곳에는 움직이는 것이 단 한 가지도 없었다. 그러나 안쪽으로 뒤집어진 듯한 두 눈은 모든 것이 끝나버린 그늘진 모래 구덩이를 이루고 있었다. 이 늙은이의 잠이 죽음과 다른 점은 무엇일까? 그의 잠 속에는 아직 경련과 두려움이 남아 있었고, 그의 삶을 이렇게 만들어버린 운명에 대한 항거는 형용할 수 없이 나약하기만 했다. 그런 차이라면 차라리 없는 게 더 낫지 않을까……

레오니다스는 자리에서 벌떡 일어나 가로수길로 되돌아갔다. 몇 걸음 걷지도 않았는데 벌써 그의 뒤에서 늙은이가 비틀거리며 다가오더니 중얼거렸다. "남작님, 제발 한 푼만 도와주십쇼. 사흘 전부터 따뜻한 밥이라고는 구경도 못하고 있습니다요……" "나이가 몇이오?" 차관이 벤치 위에서 자던 그 늙은이에게 물었다. 눈을 뜨고 있을 때도 그의 두 눈은 아무것도 자라지 않는 불모의 구덩이처럼 보였다. "예, 백작님. 저는 쉰하나입니다." 늙은이는 법적으로 더 이상 남의 도움을 기대해서는 안 될 나이, 이제 그런 도움은 철저하게 금지된 나이를 털어놓는다는 듯이 한탄조로 대답했다. 레오니다스는 거친 손놀림으로 지갑에서 큰 액수의 지폐를 꺼내어 인생에 실패한 남자의 손에 쥐여주고는 더 이상 뒤를 돌아보지 않았다.

쉰하나! 잘못 들은 게 아니었다. 그는 방금 자기와 꼭 닮은 사람, 자신의 쌍둥이 형제, 그가 하마터면 빠져나오지 못했을 수도 있었을 삶의 다른 가능성과 만났던 것이다. 오십 년 전 저 늙은이와 레오니다스는 구별할 수 없을 정도로 서로 닮은 젖먹이들로 유모차에 실려 이런 가로수길을 지나갔을 것이다. 그러나 그는 아직도 여전히 아름다운 레온이었다. 멋진 옷을 차려입고 금발의 콧수염을 달고 있었으며 흠잡을 데 없이 깨끗하게 목욕을 한 그는 남성적인 산뜻함과 팽팽하고 보기 좋은 몸매의 모범이 될 만한 사람이었다. 그의 반반한 얼굴에는 삶의 마차길이 아직 흙 속에 파묻히거나 비어 있지 않았다. 그보다도 그의 마차길에는 많은 마차들이 아직 즐겁게 다니고 있었다. 그의 얼굴에는 사랑스러운 미소, 조롱하는 미소 그리고 기분 좋을 때 짓는 미소와 기분 나쁠 때 짓는 미소 등 모든 종류의 미소가 떠올랐다 사라지곤 했다. 또한 그는 이 얼굴로 온갖 형태의 거짓말 역시 해치우곤 했다. 그리고 그는 공원 벤치에 누워 죽음과 싸우는 듯한 잠을 자지도 않았다. 그는 프랑스제 큰 침대에 누워 건강하고 완벽한 잠, 규칙적이고 안온한 잠을 자는 사람이었다. 어떤 운명의 손이 보름서네 가정교사였던 그를, 바지가 터져 곤혹을 치르던 불쌍한 그를, 멸망의 아가리 안으로 분명 빠져들어갈 것 같던 그를 구해내고 그 대신 다른 후보자를 그 아가리에 처넣은 것일까? 그는 평소 자신의 행복과 출세가 여러 가지 재능을 적절하게 섞어 활용한 자신의 큰 능력 덕이라고 생각하고 있었다. 그러나 이제 그는 더 이상 그렇게 생각하지 않았다. 그 역시 분명 저 늙은이처럼 나락에 빠지기로 되어 있었을 것이다. 그런데 그 구렁텅이만큼이나 깊이를 헤아릴 수 없는 불공평이라는 운명이 그로 하여금 그 나락을 면할 수 있도록 해주었다. 인생에 실패한 거의 같은 나이의 그 늙은이의 얼굴은 레오니다스에게 그가 빠질 뻔했던 그 나락을 보여주었다.

레오니다스의 마음속에는 짙은 두려움이 일어났다. 그러나 그 두려움 속에는 지워질 듯 희미하지만 그럼에도 밝은 자리가 하나 들어 있었다. 그 밝은 자리는 점점 더 커졌다. 그리고 레오니다스처럼 미지근한 신앙을 가진 남자가 아직 한 번도 가져본 적 없는 한 가지 깨달음으로 자라났다. 자식이 하나 있다는 것, 이것은 결코 하찮은 일이 아니라는 깨달음이었다. 인간은 자식을 갖게 됨으로써 비로소 세상 속으로, 인과라는 무자비한 사슬 속으로 더는 빠져나올 수 없이 얽히게 되는 법이다. 사람은 자식을 갖게 될 때 비로소 책임을 지게 된다. 자식에게 생명만을 선사하는 것이 아니라 죽음과 거짓, 아픔과 죄 역시 주는 법이다. 무엇보다도 죄를! 내가 그 젊은이의 아버지임을 인정하든 말든 이 객관적인 사실을 나는 바꿀 수 없다. 나는 그 사실 앞에서 숨어버릴 수는 있다. 그러나 그 사실로부터 완전히 벗어날 수는 없다. "당장 무슨 결정을 내려야 해." 레오니다스는 형언할 수 없을 정도로 그를 당황하게 하는 명료함이 마음속을 가득 채우는 동안 얼빠진 상태로 이렇게 중얼거렸다.

공원 입구에서 그는 조급하게 손을 흔들어 택시를 불렀다. "교육부로 갑시다!" 마음속에서 용감한 결단이 점점

더 커져가는 동안 그는 마치 눈먼 사람처럼 그저 조금 홀가
분해진 그날 하루를 뚫어져라 쳐다보았다.

4장

레오니다스가 아들을 위해 힘쓰다

레오니다스는 사무실로 들어서자마자 비서로부터 열한 시 십분에 붉은색 회의실에서 보자는 장관의 전갈을 받았다. 그러나 그는 젊은 비서를 멍하니 쳐다보았을 뿐 아무런 대답도 하지 않았다. 비서는 놀란 듯 잠깐 동안 아무 말도 하지 않고 있다가 서류철 하나를 조심스럽게, 그러나 손에 힘을 주어 책상 위에 내려놓았다. 그러고 나서 그는 자신의 낮은 지위에 어울리는 겸손한 자세로 장관과의 회의에서 다루어질 안건은 추측건대 비어 있는 몇몇 대학 교수 자리를 새로 채우는 일일 거라고 말했다. 그리고 서류철 안에 필요한 자료를 체계적으로 정리해놓았다고 덧붙였다.

"그래, 고맙구만." 레오니다스는 서류철 쪽은 쳐다보지도 않으면서 그렇게 말했다. 비서는 머뭇거리며 사무실에서 나갔다. 사실 그는 상관인 차관이 평소처럼 비서인 자기를 앞에 세워놓고 서류를 죽 훑어본 뒤 이런저런 질문을 하고 또 몇 가지 사항을 메모할 거라고 생각했다. 그래야 사전 준비 없이 장관에게 보고하러 들어가는 일이 없을 테니까 말이다. 그러나 레오니다스는 오늘 그럴 생각이 전혀 없어 보였다.

다른 고위직 관료들과 마찬가지로 차관인 레오니다스 역시 장관들을 특별히 존경하지 않았다. 장관들은 권력 싸움의 승패에 따라 바뀌었지만 차관인 그와 그의 동료들은 자기들 자리에 남아 있었다. 장관들은 정당에 의해 윗자리로 밀어 올려졌다가 그 자리에서 다시 밀려나기를 거듭했다. 그들 대부분은 필사적으로 권력의 널빤지를 꽉 붙들고 헐떡거리며 헤엄을 치는 사람들이었다. 그들은 업무 처리 과정의 미로를 제대로 파악할 줄 몰랐으며, 관료주의의 목적 그 자체이기도 한 성스러운 경기 규칙들을 지킬 만한 섬세한 감각 역시 없었다. 그들은 모든 일을 대충 간단히 해 넘기자고 주장하는 너절한 인간이기 일쑤였으며, 군중이 모인 장소에서 상스러운 목소리로 부르짖고 관청 뒷문으로 자기네 정당 사람과 일가친척의 이득을 위해 성가시게 간여하는 일 외에는 배운 것이 없는 자들이었다. 그러나 레오니다스와 동료들은 음악가가 수년간의 끊임없는 연습으로 대위법을 배우듯 그렇게 열심히 다스리고 관리하는 법을 익힌 사람들이었다. 그들은 직책을 맡고 결정을 내리는 일에 관련된 이루 셀 수 없이 많은 뉘앙스를 구별할 줄 아는 신경질적으로 예민한 감각을 소유하고 있었다. 장관들은 정치가들의 행동 방식을 흉내 내느라 독재자처럼 나서서 설쳐 댔지만, 아무리 그래도 관료들 눈에는 정치적인 꼭두각시로 보였다. 그러나 행정부서의 실질적인 책임자인 레오니다스 같은 관료들은 이들 폭군에게 변함없는 영향력을 미치고 있었다. 정당의 더러운 구정물이 관청 한가운데로 쏟아져 들어와 홍수를 이룬다 해도 고위 관료들은 배후에서 만사를 조종했으며 결정적인 영향력을 행사하고 있었다. 그들은 없으면 안 될 사람들이었다. 고위직 특유의 인위적인 거만함을 유지하면서 그들은 앞으로 나서지 않고 늘 겸손하게 뒤쪽에 서 있었다. 그들은 이름이 알려지는 일을 경멸했으며, 어느 날 나타났다 갑자기 사라지는 일시적인 영웅들의 사적인 광고지나 다름없는 신문 역시 업신여겼다. 레오니다스는 특히 더 그랬다. 그는 부자이고 어느 누구에게도 매여 있지 않은 자유로운 사람이었기 때문이다.

그는 서류철을 책상 저쪽으로 밀치고 자리에서 벌떡 일어나 큰 사무실 안을 뚜벅뚜벅 걸어 다니기 시작했다. 사무실은 사실 업무를 위한 무미건조한 공간에 불과했다. 그럼에도 이 공간으로부터 참으로 강한 힘이 흘러나와 그의 영혼 쪽으로 흐르고 있었다. 바로 여기가, 아멜리의 호화로운 저택이 아니라 바로 이 공간이 그의 영토였다. 엄청나게 큰 그의 책상은 깨끗하게 치워져 아주 품위 있게 보였으며, 붉은색 고상한 안락의자 두 개는 이곳저곳 가죽이 닳아 있었다. 서가에는 그리스 로마 시대의 고전과 그가 아버지로부터 물려받은 고전어학 연구 잡지가 꽂혀 있었다. 도무지 무슨 이유로 그가 그 잡지를 책장에 꽂았는지 아무도 모를 일이었다. 서류를 보관하는 캐비닛, 높은 창문들, 빈 의회 시대에 만들어진 도금된 탁상시계가 놓여 있는 벽난로 위 선반…… 벽에는 이미 오래전에 사람들의 기억에서 완전히 사라진 황태자들과 장관들의 초상화가 세월이 지나면서 색깔이 완전히 어두워진 채 걸려 있었다. '궁전 가구 보관소'에서 가져온, 오래 써서 이제는 닳아버린 이런 물품들은 유난히 아끼거나 정든 것들이 아닌데도 지금 흔들리는 그의 감정을 든든하게 붙들어주었다. 그는 이 공간의 먼지 낀 품위를 가슴 가득히 들이마셨다. 그가 내린 결단은 더 이상 변경될 수 없도록 확고했다. 그는 오늘이 가기 전에 아내에게 진실을 털어놓기로 했다. 그래! 점심을 먹으면서 말이다. 후식을 먹을 때나 블랙커피를 마실 때가 가장 좋겠지. 그는 마치 연설을 준비하는 정치가처럼 자신이 할 말을 마음의 귀로 듣고 있었다.

　—여보, 당신이 괜찮다면 우리 일어서지 말고 여기 잠깐 앉아 있읍시다. 놀라지 말아요. 당신한테 할 말이 있어요. 수년 전부터 나를 괴롭히던 일이오. 그런데 오늘까지 그냥 털어놓을 용기가 없었어요. 아멜리, 당신은 나라는 사람을 잘 알고 있지요? 내가 다른 건 다 견뎌도 누가 울고불고 난리를 피우는 일이나 감정의 소용돌이, 심한 말다툼은 못 견뎌한다는 것 말이오. 난 당신이 고통스러워하는 모습을 절대 보고 있을 수가 없어요…… 난 이제까지 당신을 사랑해왔던 것처럼 지금도 사랑하고 있어요. 그리고 지금 당신을 사랑하고 있는 것처럼 이제까지 늘 그렇게 당신을 사랑했어요. 당신과 맺어진 것은 내 인생에서 가장 성스러운 보물이에요. 당신도 잘 알다시피 난 너무 감정적인 걸 싫어해요. 당신을 사랑해오면서 그다지 많은 죄는 저지르지 않았기를 바라요. 그런데 내가 저지른 아주 큰 죄가 딱 한 가지 있어요. 나를 벌하는 것, 그것도 아주 가혹하게 벌하는 일은 당신의 자유예요. 사랑하는 아멜리, 난 어떤 벌도 받을 각오가 되어 있어요. 당신의 판결에 무조건 굴복할 생각이에요. 당신이 내게 명령한다면 난 우리 집, 아니 당신 집을 나가 근처 어디에 아주 조그만 거처를 찾아볼 생각이오.

하지만 판결을 내리기 전에 내가 지은 죄가 최소한 십팔 년 전의 일이라는 사실, 우리 몸의 세포들 중 어느 한 가지도, 우리 영혼의 모든 동요들 중 어느 한 가지도 십팔 년 전과 동일하지 않다는 사실, 그러니까 참으로 오랜 세월이 흘렀다는 사실을 염두에 두라고 부탁하고 싶소. 난 그 무엇도 미화시키고 싶지 않아요. 하지만 나는 지금 알고 있어요. 우리가 십팔 년 전 서로 떨어져 있으면서 몹시 불행했던 시기에 내가 악마의 강요를 받고 행동했다는 사실을. 그러나 절대 당신을 속이고 바람을 피운 건 아니오. 날 믿어줘요! 우리가 오랜 세월 동안 지켜온 행복한 부부 관계가 내 말이 사실이라는 것을 생생하게 증명하지 않는가요? 당신이 나와 헤어지고 싶어 하지 않을 경우 우리가 오륙 년 후에 은 혼식을 올리게 되리라는 사실, 당신 알고 있어요? 하지만 너무나 안타깝게도 지금은 도저히 이해할 수 없는 당시의 내 실수가 초래한 결과가 있어요. 아이가 있어요. 다시 말해서 열일곱 살의 청년이에요. 오늘에야 그걸 알게 되었어요. 맹세해요. 아멜리, 무분별한 말은 제발 한마디도 하지 말아줘요. 노여움 때문에 성급한 결정을 내리는 일이 없도록 해줘요. 당신을 이 방에 혼자 두고 나갑니다. 그래야 당신이 조용히 생각할 시간을 가질 수 있을 테니 말이에요. 당신이 나에 대해 어떤 결정을 내리든 상관없이, 나는 이 아이를 맡아 돌봐주어야 해요.

이렇게 말하면 안 되지! 이건 너무 나약하고 비참하게 들려! 말을 조금 더 아껴야 해. 더 무뚝뚝하게, 더 남자답게, 단도직입적으로 그리고 담백하게! 그리고 그렇게 비겁하게 애걸하듯 해도 안 되고 감상에 젖어서도 안 돼! 예전에도 이렇게 곧잘 감상에 젖는 버릇이 있었는데, 그 구역질 나는 버릇이 꼭 이렇게 도진단 말이야. 아멜리가 내 말을 듣고, 그래, 집에서 내쫓아버리는 게 이 사람한테는 가장 가혹한 벌이 될 거야, 라고 생각하도록 하면 안 돼. 단 한순간도 그렇게 믿도록 해서는 안 돼. 그리고 내가 그동안 호사를 누리며 너무 편하게 살아왔기 때문에 유약한 인간이 되어버려 다시는 헤어날 수 없을 정도로 완전히 그녀의 재산에 기대고 있다는 생각 역시 하도록 하면 안 돼. 아멜리는 우리가 살고 있는 집, 두 대나 되는 우리 자동차, 우리가 부리는 하인들, 우리가 먹는 맛좋은 음식들, 우리 사교 생활 그리고 우리가 하는 여행 등등, 이 모든 것을 누리지 못할 경우 내가 절망할 거라고 믿을지 모르겠지만, 절대 그렇게 믿게 해서는 안 돼. 물론 이런 빌어먹을 사치와 호사를 누리지 못한다면 난 아마도 절망하게 될 테지만 말이야.

레오니다스는 아멜리에게 다른 식으로 고백하기로 마음

먹고 군더더기 없는 새로운 표현들을 찾기 시작했다. 그러나 그 역시 제대로 되지 않았다. 네번째 초안을 머릿속에서 잡고 있던 그는 갑자기 화가 치밀어 주먹으로 책상을 쾅 쳤다. 만사에 근거를 달아야 하고 논거를 갖다 대야 직성이 풀리는 관료 특유의 이 끔찍스러운 고질이라니! 진정한 삶이란 예측할 수 없음에, 순간순간의 영감 안에 놓여 있지 않는가? 성공과 편안한 생활로 인해 철저히 썩어버려 쉰살의 나이에 벌써 진정한 삶을 사는 법을 잊었단 말인가? 비서가 문을 두드렸다. 열한시가 되었군! 장관에게 갈 시간이었다. 레오니다스는 못마땅한 듯 서류철을 휙 잡아 올린 뒤 자기 사무실을 나왔다. 그런 다음 그는 옛 궁전의 긴 복도와 뛰어나게 아름다운 옥외 계단을 지나 발소리를 크게 울리며 장관의 영토로 걸어 내려갔다.

붉은 회의실은 상당히 작고 퀴퀴한 곰팡내가 나는 방으로 회의용 녹색 책상이 그 방을 꽉 채우고 있었다. 이 방에서는 대부분 교육부의 회의들, 그중에서도 특히 더 은밀한 안건들을 다루는 회의가 열리곤 했다. 네 명의 인사가 이미 모여 앉아 있었다. 레오니다스는 냉소가 섞인 예의 그 틀에 박힌 표정으로 네 사람에게 인사를 건넸다. 넷 중 이른바 '대통령제 지지자'이고 장관을 보좌하는 자문위원회 수장인 야로슬라브 스쿠테츠키를 맨 먼저 살펴보자. 그는 예순 중반쯤 된 사람으로 직위와 연령으로 볼 때 교육부서에서 장관을 제외한다면 레오니다스보다 서열이 높은 유일한 사람이었다. 스쿠테츠키는 구식 프록코트를 입고 자리에 나와 있었다. 또한 그는 잿빛의 뾰족한 턱수염을 달고 있었고, 두 손이 뻘겠으며, 말을 할 때 발음이 유난히 딱딱한 사람이었다. 그래서 최신 유행의 옷차림을 한 차관 레오니다스와는 완전 정반대되는 타입이었다. 레오니다스가 그 회의실에 들어갔을 때 그는 마침 좀더 젊은 나이의 두 참사관과 붉은 머리칼의 슘머러 교수에게 자기가 올해 여름휴가를 얼마나 멋지게 준비했고 또 실행에 옮겼는지 열띤 목소리로 이야기하고 있었다. 가족과 함께한 여름휴가였던 모양인데, 그는 가족 이야기만 나오면 늘 "유감스럽게도 우리 집 식구는 일곱이나 된답니다"는 말을 덧붙이는 버릇이 있었다.

"우리나라에서 가장 아름다운 호숫가, 우리나라에서 가장 웅장한 산맥의 가장 높은 산 밑에서 휴가를 보냈어요. 보석 상자 안에나 들어 있을 법한 아름다운 곳이더라구요. 세련되지는 않았지만 활기찬 지역이었어요. 젊은 사람들 모여 놀게 하려고 야외 수영장과 댄스홀을 갖추고 있었고, 버스를 타면 못 가는 데가 없었어요. 통풍 환자와 협심증 환자가 다니도록 산책길도 잘 손질했더군요. 여관은 호

화롭지는 않지만 방에 찬물 따뜻한 물 다 쓸 수 있게 되어
있고, 그 밖에 손님이 숙박하면서 필요로 하는 걸 다 갖추
고 있습디다. 여관비가 얼마였는지, 여러분들 아무도 못 알
아맞힐 겁니다. 일 인당 5실링! 식사는 정말 일품이고 양도
아주 많았어요. 점심은 세 코스, 저녁은 네 코스나 되었고
요. 식탁에 어떤 음식이 나왔는지 한번 들어봐요. 수프, 전
채, 야채가 곁들어진 구운 고기, 후식, 치즈 그리고 과일까
지 나왔습니다. 모든 음식을 다 버터 아니면 다른 제일 좋
은 기름으로 요리해서 내놓더군요. 내 말을 믿어주세요. 결
코 과장하는 게 아니라니까요……"

　스쿠테츠키의 휴양지 찬가는 이야기를 듣던 세 사람이
목 깊은 곳에서 울려 나오는 동의와 탄복의 말을 웅얼거릴
때 잠깐잠깐 중단되곤 했다. 그런데 그중 얼굴이 퉁퉁 붓고
코가 납작한 젊은 사람이 탄복의 말을 유난히 많이 해댔다.
그러나 레오니다스는 창문 쪽으로 다가가 교육부 건너편
미노리텐 성당의 엄숙하고 영적인 담장을 뚫어져라 쳐다보
았다. 프란치스코 교단의 이 성당은 예전에 궁전에 속해 있
었던 고딕식 건물이었다. 아멜리 덕분에, 그리고 자식이 없
는 덕분에 그는 스쿠테츠키나 다른 동료들처럼 소시민적인
삶이 가진 끝없는 평범함 속으로 빠질 필요가 없었다. 그들
은 사람들로부터 대우를 받는 지위에 앉아 있는 대가로 극

도의 박봉을 감수해야 하는 관리들이었다. (오스트리아 관리가 가진 건 빈손밖에 없지만, 빈손 하나는 확실하게 가지고 있다—빈의 한 희극 작가는 언젠가 그렇게 말했다.) 레오니다스는 이마를 찬 유리창에 갖다 댔다. 납작하게 엎드린 듯한 성당 바로 옆쪽에 손질이 잘 안 된 꺼칠한 작은 정원이 붙어 있었는데, 그 정원 잔디 위에는 메마른 가지를 한 아카시아 나무 몇 그루가 자라고 있었다. 바람이 없는 탓에 꼼짝도 하지 않는 아카시아 잎사귀들은 누군가가 밀랍으로 진짜 잎사귀와 구별할 수 없을 정도로 똑같이 만들어 달아 붙인 것처럼 보였다. 평소 아름답던 그 정원은 오늘 다세대 주택의 흐릿하고 답답한 안뜰과 비슷했다. 하늘은 눈에 들어오지 않았다. 회의실 안은 점점 더 어두워지고 있었다. 레오니다스는 심란한 마음의 적막 속에 너무도 깊이 빠져 있었기 때문에 장관이 회의실 안으로 들어온 것도 모르고 있었다. 톤이 높고 목이 약간 쉰 듯한 빈젠츠 슈피텔베르거 장관의 목소리가 비로소 정신을 차리게 해주었다.

"안녕하십니까, 여러분들. 안녕하세요. 다들 잘 지내셨소?" 장관은 키가 작은 사람이었는데, 그가 입은 양복은 마치 며칠 밤을 그 옷을 입은 채 자면서 보내기라도 한 듯 쭈글쭈글하고 완전히 구겨져 있었다. 이 슈피텔베르거 장관의 겉모습이나 걸친 옷은 하나같이 다 회색이었고 이상하게 퇴색되어 보였다. 위쪽으로 빗질한 먼지떨이 모양의 머리, 면도를 제대로 하지 않은 뺨 그리고 심하게 앞으로 튀어나온 입술, 이상야릇한 사팔눈(이 나라 사람들은 그런 사팔눈을 '황홀한 표정으로 하늘을 쳐다보는 눈'이라고 하지), 거기다가 그다지 넓지 않은 가슴팍 밑에서 갑자기 아무 이유 없이 툭 뒤어나온 뾰족한 배까지도 그런 인상을 부채질했다. 이 남자는 알프스의 한 지역 출신으로 말끝마다 자신을 농부라고 부르곤 했는데, 농부는 절대 아니고 평생을 대도시에서, 그것도 이십 년을 수도인 빈에서 교사로, 그리고 맨 나중에는 평생교육원 원장으로 일하면서 산 사람이었다. 슈피텔베르거는 주맹증(晝盲症)에 걸린 짐승 같다는 인상을 주는 사람이었다. 그의 사팔뜨기 눈앞에 걸쳐진 고집스럽게 생긴 구식 코안경은 그가 사물을 분명하게 보는 데 도움이 되지 못하는 것 같았다. 회의용 책상의 의장석에 앉자마자 그는 커다란 머리통을 오른쪽 어깨 쪽으로 늘어뜨리고 다른 사람들이 무슨 내용의 말을 하든 상관하지 않고 경청하겠다는 자세를 취했다. 그 자리에 참석한 사람들은 장관이 지난 며칠간 여러 지역에서 정치 집회를 열었으며 멀리 떨어진 지방에서 야간열차를 타고 오늘 아침에야 상경했다는 사실을 알고 있었다. 슈피텔베르거는 늘 수면 부족이긴 해도 나름 꽤 건강한 체질이라는 평을 받고 있었다.

"여러분을 이곳으로 오게 한 것은 다름이 아니라……"

그는 쉰 목소리로 서두르며 말을 시작했다. "내일 열릴 내각 회의에서 교수 신규 임용 문제를 완전히 마무리 짓고 싶어서입니다. 여러분들은 나를 잘 아시지요. 나는 이런 일을 되도록 신속하게 처리하는 타입입니다. 자 그럼, 스쿠테츠키 씨, 시작하시죠……"

그는 어정쩡하게 거의 거부하는 듯한 제스처로 다들 자리에 앉으라고 권했다. 그러나 슘머러 교수는 자기 오른쪽 자리로 끌어당겼다. 붉은 머리의 슘머러 교수는 교육부에서 대학에 관한 안건이 논의될 때 중재자 역할을 했는데, '정계의 스핑크스'로 불리는 슈피텔베르거가 유난히 총애하는 사람으로 알려져 있었다. 슘머러 교수는 늘 점심시간 때쯤 교육부에 나타나 발을 질질 끌며 여러 사무실을 들락거리면서 업무에 지장을 주어 차관인 레오니다스의 화를 돋우곤 하는 사람이었다. 그는 대학에서 돌고 있는 소문을 교육부 사무실에 들고 들어와 퍼뜨리는 대신 정계의 소문을 챙겨 들고 나갔다. 그는 선사시대학을 가르치는 교수였는데, 그의 역사학은 그러니까 역사에 대한 지식이 끝나는 바로 그 지점에서 시작되고 있었다. 그의 연구 정신은 따라서 흐린 물에서 물고기를 잡는 셈이었다. 먼 과거의 석기 시대에 대해서야 당연하다 하겠지만, 슘머러는 지금 현재의 석기 시대에 일어나는 일에 대해서도 왕성한 호기심이 있었다. 그는 누가 누구와 긴밀한 관계를 맺고 있는지, 누구의 영향력이 센지, 누가 누구에게 호감을 가지고 있는지, 누가 누구를 음모하고 있는지 등등의 헝클어진 실과도 같은 인간사를 재빨리 간파할 줄 아는, 그 누구보다도 섬세한 귀를 소유하고 있었다. 따라서 그의 얼굴만 잘 살펴보아도 정치적인 기후가 어떤지를 기압 측정기를 읽듯 읽어낼 수 있었다. 그가 몸을 기울이는 쪽, 바로 그곳이 미래의 권력이 확실하게 자리 잡을 곳이었다.

"차관께서 일단 보고를 해주시면 어떨까 싶군요……" 늙은 스쿠테츠키가 딱딱한 발음으로 그렇게 말하면서 레오니다스 앞에 놓인 서류철을 요구하는 듯한 눈빛으로 쳐다보았다.

"아, 예." 레오니다스는 말을 시작하기 전 일단 헛기침을 한 후 서류철을 열고 이십오 년 동안 배워 읽힌 기계적인 노련함으로 보고를 하기 시작했다. 오스트리아 전역에서 비어 있는 여섯 개의 자리에 교수를 신규 임용해야 하는 상황이었다. 차관은 추천된 몇몇 학자들에 대해 차례차례, 자기 앞에 놓인 서류에 기록된 대로 보고했다. 보고를 하면서도 그의 의식의 절반은 완전히 딴 곳에 가 있었다. 그런데 그의 목소리는 신기하게도 해야 할 과제를 잘 치러내고 있었다. 깊은 침묵이 흘렀다. 모여 앉은 사람들 중 단 한 사람도 후보자에 대해 반대 의견을 제시하지 않았다. 신규 임용 안건이 하나씩 마무리될 때마다 레오니다스는 그 안건에 해당되는 서류를 얼굴이 퉁퉁 부은 젊은 관리에게 넘겨주었다. 그러면 젊은 친구는 장관에게 아부하는 자세로 장관의 뒤쪽에 서서 서류를 한 장씩 한 장씩 장관의 큰 서류 가방에 조심스럽게 챙겨 넣었다. 그렇지만 장관인 빈젠츠 슈피텔베르거 자신은 코안경을 책상 위에 내려놓고 자고 있었다. 그는 할 수만 있다면 어디서든 잠을 모으는 사람, 더 낮게 말하자면, 잠을 미리 축적해두는 사람이었다. 한 곳에서 삼십 분, 다른 곳에서 십 분, 이렇게 조금씩 모으면 그래도 상당한 양의 잠이 되었다. 그렇게 하여 밤에 잠을 못 자는 경우가 생길지라도 심각한 수면 부족에 시달리지 않을 수 있었다. 밤 시간은 친구들을 만나는 데 필요했으며 단골 술집에서 사람들을 만나 떠드는 데도 역시 필요했다. 밀린 일을 뒤늦게나마 처리하고 여행을 떠나기 위해, 그리고 무엇보다도 뜻 맞는 이들과 함께 음모를 꾸밀 때 느끼는 쾌락을 위해 밤 시간은 긴요한 것이었다. 낮에 뿌린 음모와 술수의 작고 연약한 씨는 함께 모여 즐기는 밤 시간에 싹이 트는 법이다. 그렇기 때문에 높은 지위에 앉아 있는 점잖은 정치가 역시 생산성이 큰 요소인 밤 시간의 모임을 포기할 수가 없었다. 오늘은 교육부 장관 노릇을 하고 있지만, 시대의 징조를 제대로 이해하고 알아차리면서 어느 한쪽과 완전히 한통속이 되는 경솔한 짓을 저지르지 않는다면, 어쩌면 내일 나라의 모든 권력을 손에 움켜쥐게 될지 누가 알겠는가? 슈피텔베르거는 구멍투성이에 여러 군데가 찢어진 커튼과도 같은 잠, 그러면서도 다른 잠만큼이나 몸을 가뿐하게 해주는 그런 특이한 잠을 자고 있었다. 그런 잠 뒤에는 금방이라도 벌떡 일어나 자신의 존재를 부각시키며 유리한 기회를 붙잡으려고 때를 노리는 잠자는 사람이 숨어 있었다.

레오니다스는 신규 채용 대상 교수들의 이력과 그들의 업적 등을 읽어 내려갔으며 눈앞에 놓인 서류를 기초로 하여 정치적인 측면에서 본 후보자들의 행동과 시민적 품행의 특징들을 요약하여 보고했다. 그가 보고를 시작한 지는 이미 이십 분의 시간이 흘러 있었다. 레오니다스의 목소리는 편안하고 낮게 그리고 빠르게 앞으로 흘러가고 있었다. 또한 그의 목소리는 마치 자기가 말하는 내용을 스스로 책임지겠다는 듯이 들렸고, 말하는 사람의 정신으로부터 떨어져 나가 있었다. 하지만 아무도 그것을 눈치채지 못했다. 레오니다스가 이제 다섯번째 학자에 대한 서류를 얼굴이 부은 젊은 관리 손에 넘겼다. 날씨가 너무도 우중충해 회의실 안이 컴컴해졌기 때문에 누군가가 천장에 달린 불을 켰다.

"이제 의학대학 교수 신규 임용 안건에 대해 보고하겠습니다." 레오니다스는 예의 그 듣기 좋은 목소리로 이렇게 말하고 나서 잠깐 동안 의미심장하게 뜸을 들였다. "장관님, 내과 의학교수 자리를 다룰 차례입니다." 스쿠테츠키가 장관의 주의를 환기시켰다. 그러는 그의 목소리는 평소보다 약간 더 높았고 마치 성당 안에 모여 앉아 있기라도 하다는 듯 사뭇 경건한 어조였다. 그러나 사실 이런 식으로 장관을 깨울 필요는 없었다. 슈퍼텔베르거는 레오니다스의 말이 떨어지자마자 이미 졸음기가 잔뜩 든 두 눈을 뜨고 좌중의 인사를 사팔뜨기 눈으로 이리저리 훑어보고 있었기 때문이다. 그런 그의 얼굴에는 혼란의 기색도, 방금 전까지 깊은 잠에 빠져 있었다는 흔적도 전혀 찾아볼 수 없었다. 잠의 예술가인 이 사람은 아마도 필요하다면 지금까지 거론되었던 다섯 후보자의 이름과 특징을 아무런 실수 없이, 어쨌든 레오니다스보다 더 정확하게 나열할 수 있었을 것이다. "의학이라……" 그가 웃으며 말했다. "이 분야를 다룰 때는 신경을 좀 써야 합니다. 국민이 관심을 가지고 있는 분야이니까요. 의학은 과학과 점술 사이에 놓인 건 널목이지요. 여러분들도 알다시피 나는 그저 단순한 사람 이고 순진한 농부에 지나지 않아요. 그래서 나는 어디가 아 프면 의사보다는 약초 장사나 돌팔이 아니면 상처를 손봐 주는 이발사를 곧장 찾아갑니다. 하지만 난 아픈 데가 없어 요……"

선사시대학 학자인 슈머러가 장관 마음에 들려고 지나 칠 정도로 낄낄거리며 웃었다. 그는 빈젠츠 슈피텔베르거 가 자기 자신의 그런 유머에 대해 얼마나 큰 자부심을 가지 고 있는지 잘 알고 있었다. 다른 젊은 두 관리들이 아부하 는 듯 비굴한 표정으로 싱긋 웃자 스쿠테츠키 역시 덩달아 말했다. "정말 훌륭한 농담이십니다……" 그는 그렇게 말 한 후 얼른 덧붙였다. "그러니까 장관님께서는 리히틀 교 수 임용 제안을 받아들이시겠군요."

사람들이 인정하는 그의 농담 실력을 한번 발휘한 슈피 텔베르거는 계속 그러고 싶어 안달이 났는지 빙긋 웃으면 서 남들이 다 들을 수 있도록 군침을 삼키며 말했다. "이 리히틀보다 더 괜찮은 사람 하나 어디 숨기지 않았소? 리 히틀을 임용한다는 건 악마를 내과의학 정교수로 임명하는 짓이나 다름없어요……"

레오니다스는 그새 다른 사람들의 우스갯소리에 전혀 가

담하지 않고 자기 앞에 놓인 몇 장의 서류를 뚫어져라 쳐다보았다. 서류에는 유명한 심장 전문가인 알렉산더 블로흐 교수의 이름이 쓰여 있었다. 그 스스로 이 이름 위에 빨간 펜으로 기입했던 '불가능'이라는 단어가 눈에 띄었다. 회의실 안 공기는 우중충한 날씨와 담배 연기 때문에 아주 탁했다. 숨 쉬기가 어려울 정도였다.

"의과대학과 대학평의회는 리히틀을 정교수로 임용하자는 제안에 전적으로 찬성한다는 의견을 내놓았습니다." 슈머러 교수가 스쿠테츠키의 말을 뒷받침해주면서 리히틀을 관철시키는 데 분명 성공할 것이라는 표정으로 고개를 끄덕였다. 그러나 그때 차관인 레오니다스가 목소리를 높여 말했다. "그건 불가능합니다!"

그러자 모두들 재깍 눈을 들어 올렸다. 태어날 때부터 수면 부족인 듯한 얼굴의 슈피텔베르거의 두 눈이 긴장으로 깜빡거렸다. "뭐라고요?" 대통령제 지지자인 늙은 스쿠테츠키가 딱딱한 발음으로 물었다. 그는 동료인 레오니다스의 말을 자기가 제대로 이해하지 못한 것이라고 믿고 있었다. 어제 차관과 함께 다루기가 몹시 까다로운 이 안건에 대해 이야기하면서 요즘 같은 세상에 유대인인 알렉산더 블로흐 교수에게 이토록 중요한 내과 의학교수 자리를 준다는 것은 블로흐 교수가 아무리 능력 있는 사람일지라도 절대 해서는 안 될 일이라고 못박아두지 않았는가 말이다. 스쿠테츠키의 의견에 전적으로 동의했으며 블로흐 교수뿐만 아니라 잘 알려져 있는 교수의 지지자들 역시 달갑지 않다는 자신의 속생각을 애써 숨기려 하지 않았던 차관이 이제 와서 왜 이런 말을 한다는 말인가? 그 자리에 앉아 있던 사람들은 레오니다스가 내뱉은, 유난히 극적으로 들리는 "그건 불가능합니다!"라는 말에 대해 그냥 놀라기만 한 것이 아니라 정말 몹시 당황스러워하기까지 했다. 레오니다스 자신도 마찬가지였다. 자기 목소리가 리히틀 교수의 임용을 왜 반대하는지, 그 이유를 여유 있게 말하는 동안 레오니다스의 마음속에 들어 있던 다른 레오니다스는 거의 흥겨운 마음이 되어 다음과 같은 사실을 깨달았다. 이로써 나는 나 자신을 완전히 배반하고 벌써 내 아들을 위해 힘을 쓰기 시작하는구나…… "리히틀 교수를 공격할 생각은 없습니다." 레오니다스는 큰 소리로 이렇게 말했다. "그가 훌륭한 의사이고 또 좋은 교수일지는 모르겠지만, 지금까지 그저 지방에서만 일을 했고 학계에 발표한 논문들의 숫자도 별로 많지 않습니다. 이 사람에 대해 우리가 아는 것이 그다지 많지 않아요. 그와는 반대로 블로흐 교수는 전 세계에 알려진 사람이고 노벨의학상을 받은데다 유럽과 미국의 여덟 개 대학에서 명예박사 학위를 받은 사람입니다. 그는 여러 국왕과 국가 지도자를 치료하는 의사예요. 바로 몇 주 전에 영국인들은 버킹엄 궁에서 진찰해달라면서 그를 런던으로 모셔갔습니다. 그 사람 때문에 해마다 아르헨티나의 대부호나 인도의 제후들과 같은 세계에서 가장 돈 많은 사람이 빈을 찾아오고 있습니다. 우리처럼 작은 나라는 그런 위대한 인물을 간과해버림으로써 그 사람의 감정을 상하게 할 처지가 아닙니다. 게다가 우리가 블로흐 교수의 심기를 해칠 경우 서구 세계의 전 여론이 우리에게 손가락질하며 들고 일어날 것입니다……"

그렇게 말하는 레오니다스의 입가에는 냉소의 그림자가 언뜻 스치고 지나갔다. 그는 며칠 전 저녁 어떤 화려한 사교 모임에서 '블로흐 안건'에 대해 사람들의 질문을 받은 적이 있었다. 자신이 지금 장관과 다른 참석자들 앞에서 사용한 논거들이 그날 저녁의 모임에서 대두되었을 때 그는 거기에 강력하게 반대했다. 그때 그는 뭐라고 했던가? 블로흐 그리고 그와 한통속인 사람들이 거둔 국제적인 차원에서의 성공은 그들이 실질적으로 그렇게 중요한 존재라거나 큰 공로를 세웠기 때문이 아니라 전 세계 이스라엘인들의 협력으로 이루어진 것이다. 그들을 무조건 믿고 따르는 언론과 이미 널리 알려져 있다시피 그들이 벌이는 대담한 홍보가 눈덩이 굴러가듯 엄청난 효과를 거둔 덕분일 뿐이다, 라고 말했다. 그것은 그가 그냥 생각 없이 한 말이 아니었다. 분명히 강조하지만, 그는 정말 그렇게 확신하고 있었다.

선사시대학 교수가 당황하여 이마의 땀을 닦은 뒤 말했다. "존경하는 차관님, 좋은 말씀이십니다…… 그렇지만 유감스럽게도 블로흐 교수의 사생활은 전혀 깨끗하지가 않아요. 여러분도 아시다시피 이 양반은 광적인 도박꾼입니다. 밤이면 밤마다 포커와 바카라 게임을 하는 사람이에요. 그것도 엄청나게 큰 액수의 판돈을 걸고 한답니다. 우리는 그의 사생활에 대한 경찰의 비밀 보고서를 손에 쥐고 있어요. 그리고 사례금과 보수를 받아 챙기는 이 사람의 재주는 알 만한 사람은 이미 다 알고 있듯 그냥 웃고 넘길 일이 아닙니다. 딱 한 번의 진찰에 이백 내지 천 실링을 요구한대요. 물론 종교가 같은 유대인 동포들한테만은 아낌없이 베푼답니다. 그 사람들은 공짜로 치료해주니까요. 특히 그 사람들이 카프탄*을 입고 진찰을 받으러 오는 경우에 말이지요…… 우리처럼 작은 나라는 블로흐 같은 유대인을 채용할 처지가 못 된다는 것이 제 생각인데……" 이 대목에서 늙은 스쿠테츠키가 지나치게 열을 내는 선사시대학 교수의 말을 중단시켰다. 그러는 그의 말투는 온화하고 또 완전히

---

* 원래 터키, 아랍 등 지중해 동부 지방 사람들이 입던 셔츠 모양의 기다란 상의.

객관적이었다. "알렉산더 블로흐 교수의 나이가 벌써 예순 일곱이고, 따라서 강의를 맡지 않는 마지막 해를 계산에 넣지 않을 경우 단 2년 동안만 이 교수직을 맡아 학생들을 가르칠 것이라는 사실을 염두에 두는 것이 좋겠다고 생각합니다."

한번 어긋난 길로 들어선 레오니다스는 더 이상 걸음을 멈출 수 없었는지 빈의 특정 계층 사이에 유행되고 있던 농담 하나를 인용하고 싶은 마음을 억누르지 못하고 내뱉고 말았다. "정말 지당한 말씀이죠! 블로흐 그 양반 말입니다. 예전에는 정교수 자리에 앉기에 너무 젊었지요. 지금은 너무 늙어버렸습니다. 그리고 그동안은 유대인으로 태어난 불운한 사람이었고요······"

아무도 웃지 않았다. 거기 모여 앉은 신사들은 풀어야 할 수수께끼를 앞에 둔 사람들처럼 이마를 잔뜩 찌푸린 채 변절자인 레오니다스를 굳은 표정으로 쳐다보았다. 지금 도대체 무슨 일이 일어난 것인가? 어떤 수상한 영향력이 지금 이 일에 끼어들고 있는가? 당연한 일이지! 아멜리 파라디니의 남편이니까! 돈 많고 연줄도 무시 못할 정도로 상당한 사람이니 시세를 거스르는 분에 넘치는 행동을 할수 있다 이거지. 파라디니 가문은 국제 사회와 교류하는 집안 아닌가. 아, 바로 그쪽에서 불어오는 바람이로구만! 유대인인 블로흐는 정말 모든 수단과 방법을 다 써서 이 교수 자리를 손에 쥐려고 하는구나. 아마 영국 왕가에도 압력을 넣어달라고 부탁했겠지. 프리메이슨 비밀결사단과 전 세계에 퍼져 서로 줄이 닿아 있는 돈 많은 사람의 무리도 이 음모에 관여하고 있는 게 분명해. 우리 같은 사람들은 무슨 돈으로 새 양복을 사나, 이런 걱정이나 하며 사는 처지인데……

레오니다스의 말이 끝나자 대학과 교육부 사이의 중재자 노릇을 하는 붉은 머리의 슘머러 교수가 땀구멍이 많은 코에다 손수건을 대고 코를 풀고 나서 손수건에 묻은 코를 걱정스러운 얼굴로 들여다보았다. "우리의 큰 이웃인 독일은……"그는 가라앉은 듯하면서도 위협적인 어조로 말했다. "대학 내의 모든 이질적인 분자들, 그러니까 아리아족에 속하지 않는 사람들을 철저하게 제거했어요. 만일 우리나라에서 블로흐 같은 유대인이 정교수 자리를 얻게 된다면, 그것도 다름 아닌 내과 의학 정교수로 임명된다면 그것은 독일 제국에 대한 반대 시위이며 독일 제국의 얼굴을 주먹으로 치는 행위나 마찬가지입니다. 장관께서 이 사실을 고려하셨으면 합니다…… 그리고 우리는 우리나라의 독립을 지키기 위해 독일 사람들에게 우리를 간섭할 구실을 아예 제공하지 않으려고 합니다. 항해사가 출범하기도 전에 돛에서 바람을 미리 빼버리는 겁니다. 안 그런가요?"

미래의 항해사가 아예 출범하지 못하도록 돛에서 바람을 미리 빼버린다는 비유는 최근 여러 사람이 즐겨 쓰고 있던 것이었다. 누군가가 말했다. "아주 지당한 말씀입니다!" 장관 뒤에 서서 아부할 기회만 노리고 있던 얼굴이 퉁퉁 부은 관리가 주제넘게 끼어든 것이었다. 레오니다스는 그를 날카롭게 째려보았다. 그 관리는 차관인 레오니다스가 그저 가끔씩 접촉하는 부서 사람이었다. 그러나 자기 기분 내키는 대로 행동하는 슈피텔베르거 장관이 이 관리를 자기가 총애하는 사람들의 무리 속에 집어넣었다. 그래서 그는 지금 열리고 있는 이 협의회에도 관여하게 된 것이다. 살집 좋은 이 남자의 투명한 두 눈에서 너무도 무서운 증오가 터져 나오고 있었기 때문에 레오니다스는 그 눈길을 거의 배겨낼 수가 없었다. '유대인 블로흐'라는 이름만 들었을 뿐인데도 천성이 둔해 보이는 이 넓적한 얼굴이 분노로 벌겋게 달아올랐다. 끝 간 데가 없는 이 엄청난 증오는 도대체 어디에서 나와 이렇게 쌓이게 되었을까? 그리고 도대체 어떤 이유로 이 젊은 관리는 이십오 년이라는 세월 동안 영예로운 업무 실적을 쌓아왔고 교육부 안에서 가장 노련한 관리인 레오니다스에게 이토록 노골적으로 불손한 태도를 보이는 것일까? 그는 개인적으로 지금까지 단 한 번도 블로흐 교수 같은 사람을 선호한 적이 없지 않았는가 말이다. 오히려 정반대였다! 그는 그런 사람들을 철저하게 거부하지는 않았지만 그래도 그런 인물과의 접촉을 될 수 있는 대로 피하고 있었다. 그러나 이제 그는 자기가 이 수상쩍은 인물들의 집단 속에 얽혀들어가 있다는 사실을 깨달았다. 일이 설명할 수 없이 이상하게 돌아가고 있었다. 그가 이런 사태에 빠지게 된 것은 베라 보름서의 악마 같은 편지 탓이었다. 그가 누리고 있던 실존의 든든한 토대가 무너진 것처럼 보였다. 그는 자신이 평소의 신념과는 반대로 사람들이 유행처럼 받들어 모시는 의학계의 한 우상이 대학의 정교수가 되도록 지원할 수밖에 없는 처지에 놓여 있다고 생각했다. 그것으로 이미 충분한데도 불구하고 레오니다스는 이제 뻔뻔스러운 지적들을 들어야 했으며, 레오니다스가 블로흐의 대변자일 뿐만 아니라 벌써 블로흐 당사자이기라도 하다는 듯이 그를 쳐다보는, 식은 죽처럼 생긴 이 멍청이의 버르장머리 없는 눈초리까지 견뎌내야 할 판이었다. 그것도 눈 깜짝할 사이에 일이 이렇게 되어버렸다. 레오니다스는 정말 느닷없이 생긴 이 적대자 앞에서 먼저 눈을 내리깔았다. 그리고 그제야 비로소 그는 슈피텔베르거가 삐뚜름한 코안경 뒤쪽에서 몹시도 유심히 그를 쳐다보고 있다는 것을 알아차렸다.

"차관께서는 예전에 가지고 있던 입장을 상당히 크게 바꾸었군요……"

"네, 장관님. 이 문제에 대한 저의 입장을 바꾸었습니다……"

"이봐요, 차관 양반. 정치를 할 때는 사람들의 화를 돋우는 게 가끔 아주 유리하긴 하지요. 하지만 누구의 화를 돋우느냐, 이게 중요해요……"

"장관님, 저는 정치가가 될 영광을 누리지 못한 사람입니다. 제 양심에 따라 나라를 위해 최선을 다해 일할 뿐입니다……"

사람들을 오싹하게 하는 차가운 침묵이 찾아왔다. 스쿠테츠키와 다른 관리들은 모두 다 자기들 내면으로 기어들어가 꼼짝도 하지 않고 앉아 있었다. 그러나 슈피텔베르거는 레오니다스가 성이 나서 툭 뱉은 말을 그다지 고깝게 생각하지 않는 것 같았다. 그는 건강해 보이지 않는 이빨을 드러내고 웃으며 부드러운 말투로 설명했다. "아니, 아니, 오해하지 마세요. 그저 평범한 사람으로서, 늙은 농부로서 한 말일 뿐이오……"

이 넓은 세상 어디를 가도 이 '늙은 농부'보다 덜 평범한 사람을 찾을 수는 없을 것이며, 속마음을 알아차리기가 이토록 힘들고 또 비틀어진 사람 역시 이 세상 어디에도 없을 터였다. 레오니다스는 지금 그걸 느끼고 있었다. 뻣뻣한 머리카락이 곤두서 있는 심술궂은 이 돌대가리의 이마 안쪽에서는 한번 세운 목표에는 무슨 수를 써서라도 도달하겠다는 지칠 줄 모르는 집념이 운전대를 잡은 고가철도 열차와 지하철 열차들이 차곡차곡 쌓아 올려진 여러 개의 층 속에서 소리 없이, 그러나 느낌으로 알 수 있게 무서운 속도로 달리고 있었다. 전기로 가동되는 듯 빠른 속도로 이쪽저쪽을 넘나드는 슈피텔베르거의 기회주의가 무거운 구름처럼 회의실 한가운데 자리 잡고 있었다. 그것은 슘머러 교수와 얼굴이 부은 관리가 레오니다스에게 드러낸 적개심보다 더 견디기 힘들었다. 들이마실 수 있는 공기는 이제 다 없어졌다.

"실례합니다, 장관님." 레오니다스는 헐떡이며 자리에서 일어나 창문을 열어젖혔다. 바로 그 순간 소나기가 쏟아지기 시작했다. 이루 셀 수 없이 많은 빗줄기가 물로 된 담장을 만들어 바깥세상은 눈에 들어오지 않았다. 그래서 미노리텐 성당도 더 이상 보이지 않았다. 소나기는 기병대가 돌격하는 듯한 요란한 소리를 내며 지붕 위에, 돌로 깐 길 위에 쏟아졌다. 빗물로 이루어진 거대한 건물 한가운데에서 번개가 친 것 같지도 않은데 천둥소리가 들려왔다.

"날이 후덥지근하더니 드디어 소나기가 쏟아지는군." 스쿠테츠키가 딱딱한 발음으로 말했다. 슈피텔베르거는 그새 자기 자리에서 일어나 왼쪽 어깨를 위쪽으로 치켜들고 구겨진 바지 주머니에 두 손을 찌른 채 발을 질질 끌며 레오니다스에게 다가왔다. 그러는 그의 모습은 매주 한 번 서는 장에서 암소를 제값보다 더 비싼 값에 팔려고 애쓰는 농부와 비슷하게 보였다.

"차관님, 예술과 학문 분야에 공헌한 블로흐의 업적을 높이 평가하는 의미에서 그 양반이 큰 금메달 명예훈장과 거기에 덧붙여 추밀원 고문관이라는 칭호까지 받도록 우리가 주선하는 게 어떻겠소……"

장관이 이런 제안을 한다는 것은 그가 자기 아랫사람인 차관을 얌전한 야로슬라브 스쿠테츠키 같은 관료주의적인 일꾼으로 여기는 것이 아니라 영향력이 강한 인물로 보고 있다는 증거였다. 그는 레오니다스라는 인물의 배후에 눈에 보이지 않는 세력들이 숨어 있음을, 그리고 그 세력들을 건드리면 안 된다는 사실을 잘 알고 있었다. 문제의 해결책은 참으로 슈피켈베르거 장관다운 조치였다. 교수직과 비판을 던질 수 있는 위치, 이 두 가지는 현실적으로 우월한 힘을 뜻했다. 그러므로 오스트리아 동포들이 이끄는 학계로부터 이 두 가지 가능성을 빼앗아버리면 안 될 터였다. 그러나 극도로 드물게만 수여되는 높은 수준의 훈장은 최상의 영예를 뜻하기 때문에 반대파 사람들 역시 입 한번 뻥끗 못하고 받아들일 터였다. 이로써 양쪽 다 이득을 보는 셈이었다.

"이 해결 방안에 대해 어떻게 생각하시오?" 슈피텔베르거가 미끼를 던졌다.

"장관님, 저는 이 해결 방안이 부당하다고 생각합니다." 레오니다스가 대답했다.

정계의 스핑크스인 빈젠츠 슈피텔베르거는 땅딸막한 두 다리를 벌리고 흰머리가 뻣뻣하게 난 머리통을 숫염소처럼 아래쪽으로 숙였다. 레오니다스는 정수리에서 아래쪽으로 머리가 빠져 맨살이 드러난 장관의 머리통을 내려다보면서 정치가인 슈피텔베르거가 침을 빨아올리는 소리를 들었다. 장관은 아주 느긋한 어조로 힘주어 말했다. "차관 양반께서 알다시피, 난 이런 일을 되도록 신속하게 처리하고 싶어하는 사람이라서……"

"장관님께서 실수를 저지르시는 걸 막을 도리가 제겐 없습니다." 레오니다스는 아무런 군더더기 없이 이렇게 대꾸했다. 그러는 동안 그는 자기가 이토록 용감한 사람임을 아직까지 모르고 있었다고 생각하면서 큰 감격 속에 빠져들었다. 무슨 문제를 가지고 이런 실랑이를 벌이게 되었더라? (유대인) 알렉산더 블로흐 때문에? 가소로운 일로

군. 불운한 사람인 블로흐는 다른 문제와 얼마든지 바꿔버릴 수 있는 한 가지 계기에 지나지 않았다. 그러나 레오니다스는 자신이 이제 진실과 인생의 쇄신을 위해 얼마든지 싸울 수 있는 강한 사람이라고 착각하고 있었다.

슈피텔베르거 장관은 스쿠테츠키 그리고 다른 자문위원들을 이끌고 이미 붉은 회의실을 떠나고 없었다. 비는 여전히 억수같이 쏟아지고 있었다.

5장

참된 고백이 아닌 고백

레오니다스가 집에 왔을 때 비는 그새 좀 누그러지기는
했지만 여전히 줄기차게 내리고 있었다. 하인이 부인께서
는 외출하셔서 아직 안 돌아오셨다고 말했다. 레오니다스
가 점심시간에 직장에서 집에 와 아멜리를 기다려야 하는
경우는 정말 아주 드물게만 일어나는 일이었다. 빗물이 뚝
뚝 떨어지는 외투를 옷걸이에 거는 동안 그의 마음은 오늘
자신이 저지른 행동에 대한 당혹감 때문에 여전히 떨리고
있었다. 그는 난생처음 장관 앞에서 관료가 지켜야 할 예
의에서 벗어나는 행동을 하고 말았다. 그렇게 대놓고 맞서
는 일은 관료의 자세가 결코 아니었다. 언제든 굽힐 줄 아
는 부드러운 몸짓으로 세상의 흐름을 이용하고 신중하게
그 흐름에 몸을 맡김으로써 자기가 원치 않는 암초에 부딪

치는 일을 피하고, 또 소망하는 자리를 얻기 위해 애쓰는 자세, 이것이 바로 관료의 바람직한 자세이기 때문이다. 그런데 그는 오늘 이 정교한 처세술을 저버리고 유대인인 알렉산더 블로흐와 관련된 안건을 첨예하게 대립되는 문제로 만들고 말았으며 자기 의견을 굽히지 않음으로써 교육부만의 문제가 아니라 내각 전체가 다룰 문제로 만들고 말았다.

말이 나온 김에 하는 말이지만, 그에게는 블로흐의 교수 임용 안건이 하품이 나올 정도로 지루하기만 했다. 하지만 베라와 아들의 은밀한 개입 때문에 이 싸움 속으로 미끄러져 들어갔다손 치더라도 그는 오래된 관례에 따라 '부정적인 방법'을 써서 이 싸움을 했더라면 더 좋았을 것이다. 다시 말해서 블로흐 교수를 무턱대고 지지하는 대신 리히틀 교수를 임용하자는 제안에 반대했어야 했다. 그것도 사실에 맞는 논거들을 쓰지 않고 순전히 형식적인 이의를 제기했어야 했다. 스쿠테츠키는 자기가 관료의 처세술에 관한 한 전문가라는 사실을 오늘 다시 한 번 명백하게 보여주었다. 그는 블로흐의 임용을 반대했지만, 유대인 배척주의에서 나왔음이 분명한 근거를 노골적으로 드러내는 대신 블로흐의 나이가 이미 상당히 많다는 객관적이고도 정당한 근거를 내세웠기 때문이다. 레오니다스는 스쿠테츠키와 비슷하게 리히틀이 정교수 지원에 필요한 실질적인 요구 조건을 제대로 채우지 못한다는 사실을 뒷받침하는 증거들을 어떻게든 이리저리 짜맞추어 제시했어야 했다. 내일 열리는 내각 회의가 미봉책에 불과한 리히틀의 임용을 결정할 경우, 그것은 교육부 차관인 레오니다스가 자신의 전문 분야에서 중대한 패배를 하고 말았다는 뜻이 될 테다. 이제는 너무 늦었다. 오늘 그가 저지른 행동과 내일의 패배, 이 두 가지는 빠른 시일 내에 사직을 하지 않을 수 없도록 그를 내몰 것이다. 얼굴이 퉁퉁 부은 관리가 그에게 던진 증오에 찬 눈길이 생각났다. 그건 오늘날 젊은 세대가 가지고 있는 바로 그 증오의 눈길이었다.

이 세대의 젊은이들은 광신적인 결정을 이미 내렸고, 레오니다스처럼 '철저한 확신이 없는 자들'을 무자비하게 도태시키겠다고 생각하고 있을 터였다. 어떻게든 복수를 해야 직성이 풀리는 슈피텔베르거를 모욕했고 얼굴이 부은 관리와 다른 젊은 사람들을 피가 끓어오르도록 분노하게 만들었으니, 이제 만사가 다 끝났다는 사실을 그는 깨달아야 했다. 그날 아침까지도 자신의 출세를 기쁘고 놀라워하는 마음으로 되돌아보았던 레오니다스, 바로 그 레오니다스가 낮 열두시 반인 지금 아무런 저항도 하지 않고 일말의 유감도 없이 자신의 출세 행로를 포기하고 있었다. 이날의 남은 시간이 그에게 요구하는 변화는 너무도 컸다. 아멜리

에게 고백할 일을 생각하니 어깨가 말할 수 없이 무거워졌
다. 하지만 고백해야 한다.

그는 계단을 통해 천천히 이층으로 올라갔다. 그가 집안
에서 입는 헐렁하고 편한 가운이 언제나처럼 의자 등받이
에 가지런히 걸쳐져 있었다. 그는 회색 재킷을 벗고 욕실에
서 얼굴과 손을 꼼꼼히 씻었다. 그런 다음 그는 빗으로 가
리마를 다시 한 번 정확하게 다듬었다. 아직 젊은 사람처럼
숱이 많은 머리카락을 거울에서 보는 동안 참으로 기묘한
감정이 그의 마음 저 깊은 곳에서 솟아올라왔다. 이렇게 나
이에 비해 젊고 잘생겨 보이는 모습이 오히려 자기연민을
부추겼다. 자연은 인간이 도저히 이해할 수 없게 편파적이
다. 쇤브룬 공원 벤치에 누워 자던 그 남자에게는 쉰 살에
이미 폐인이 되는 벌을 내린 반면 레오니다스에게는 젊음
의 신선함이라는 축복을 내렸으니까 말이다. 그런데 자연
의 이 편파성은 이제 무의미한 낭비로 여겨졌다. 아직도 숱
이 많고 부드러운 머리카락과 혈색 좋은 두 뺨을 완벽하게
소유한 상태로 그는 이제 인생의 탄탄한 행로 바깥쪽으로
내던져졌기 때문이다. 늙고 피폐해진 얼굴이 거울에서 그를
뚫어져라 쳐다보았더라면 마음이 더 편했을 터였다. 그러나
그가 잘 알고 있는, 정말 호감이 가는 이 얼굴 윤곽은 해가
아직 중천에서 아름답게 빛나고 있는데도 얼마나 많은 것들

을 이미 상실했는지 그에게 보여주었다.

그는 뒷짐을 진 채 이 방 저 방을 천천히 배회했다. 아멜리가 화장을 하거나 옷을 갈아입는 방에서 그는 무슨 낌새를 맡고 싶은 듯 걸음을 멈췄다. 이곳 출입은 그로선 아주드문 일이었다. 아멜리가 평소 쓰는 향수 냄새가 약하게 그의 콧속으로 들어왔다. 그것은 아주 낮게 들리는 탓에 두 배나 더 무겁게 여겨지는 탄핵의 소리와도 같았다. 향수 냄새는 그가 이미 걸머지고 있던 마음의 짐에 새로운 짐을 하나 더 얹었다. 거기다가 머리가 약간 탄 냄새와 화장용 알코올 냄새 역시 그렇지 않아도 서글픈 그의 마음을 더욱 서글프게 만들었다.

방은 아멜리가 치우지 않고 외출을 한 탓에 약간 어질러져 있었다. 여러 켤레의 치수 작은 신발들이 침울한 모습으로 아무렇게나 흩어져 있었고, 화장대 위에도 온갖 병들과 크리스털 향수병, 작은 접시, 작은 곽, 둥근 통, 작은 가위, 손톱 가는 줄, 작은 붓 등등의 자잘한 물건들이 정돈되지 않은 채 놓여 있었다. 누군가가 쿠션 위에 부드러운 몸을 누이고 있다가 남기고 간 자국처럼 아멜리의 존재가 방안을 떠다니고 있었다. 책꽂이를 겸한 책상 위에는 책과 신문, 패션 잡지들 옆에 여러 통의 편지가 개봉된 채 아무렇게나 놓여 있었다. 정말 바보 같은 생각이긴 했지만, 레오니다스는 이 순간 아멜리가 자기에게 어떤 나쁜 짓을 했기를, 그에게 엄청난 고통을 안겨줄 어떤 잘못을 저질렀기를 간절히 바랐다. 그녀에게는 양심의 가책을 안겨주겠지만, 다른 한편 그를 거의 무죄 상태로 되돌릴 그런 실수 말이다. 그는 이제까지 늘 혐오해오던 행동을 난생처음으로 했다. 그는 봉투 밖으로 이미 나와 있는 편지들에 덤벼들어 흥분 상태로, 아멜리가 이미 오래전에 읽고 놓아두어 온기라곤 찾아볼 수 없는 편지들을 정신없이 읽기 시작했다.

이 편지에서 한 줄, 다른 편지에서 또 한 문장, 이렇게 읽어가면서 그는 남자 글씨체가 눈에 띄면 범인을 체포하듯 달려들었고 아멜리가 바람을 피웠다는 증거를 추적했다. 어쩌면 자신의 수치를 덜어줄지도 모를 보물을 찾으려는 어림없는 수작이었다. 아멜리가 이십 년이라는 세월 동안 그를 위해 한눈 한 번 팔지 않은 정숙한 아내였다는 것이 도무지 가능한가? 허영만 잔뜩 든 겁쟁이에다 이 세상 모든 거짓말쟁이들 중에서 가장 집요한 거짓말쟁이인 그를 위해, 세상 물정을 잘 알고 처세에 능한 척하는 번드르르한 겉모습 뒤에 비참했던 젊은 시절의 원한을 영원히 숨기고 있는 그를 위해 정말 신의를 지켜왔을까? 그는 파라디니 가문의 딸인 아멜리와 날 때부터 쓰레기나 주워 먹는 처지의 자기 자신 사이에 놓여 있던 운명적인 간격을 단 한 번도 극복하지 못했다. 자신감 넘치는 자세, 느긋하고 여유만만한 세련된 몸짓은 다 남들이 그렇게 하는 걸 엿보고 배운 것에 불과했다. 하지만 이 사실을 알고 있는 사람은 오직 그 자신뿐이었다. 온갖 애를 써서 배워 익힌 이런 허위는 잠을 자는 시간에도 그를 붙잡고 놓아주지 않았다. 그는 두근거리는 가슴으로 자신을 오쟁이 진 사내로 만들어줄 편지를 찾았다. 그러나 그가 발견한 것은 무고하기 그지없는 내용들뿐으로, 글자들 사이에서 너그럽게 그를 비웃고 있었다. 그는 아담한 책상의 서랍들을 열어젖혔다. 여자들 특유의 건망증이 빚어낸 애교스러운 무질서가 그의 눈에 들어왔다. 우단과 비단 조각, 진짜 보석과 모조 보석, 유석 반지, 한 짝만 남은 장갑들, 딱딱해진 초콜릿 과자, 여러 장의 명함, 조화, 립스틱, 약상자 등등의 자잘한 물건들 사이에 끈으로 묶은 오래된 계산서와 은행증서 그리고 다시금 많은 편지가 들어 있었다. 이것들 역시 순진무구하게 그를 향해 웃음과 비웃음을 보냈다.

마지막으로 일기장으로도 쓸 수 있는 작은 일력 하나가 그의 손에 들어왔다. 그는 일력을 이리저리 뒤적거렸다. 뻔뻔스럽게도 그는 아멜리의 비밀을 범하고 있었다. 짧은 메모가 적힌 날들이 있었다. "오늘 드디어 다시 레온과 단둘이 지낼 수 있었다! 하느님께 감사할 일이다!" "저녁에 연

극을 보고 말할 수 없이 아름다운 밤을 보내다. 어느 해 5
월에도 한번 그렇게 아름다운 밤을 보낸 적이 있었지. 레
온은 나를 정말 황홀하게 해주었다." 이 작은 일력에는 그
녀의 사랑이 정확한 당좌계정처럼 기입되어 있었다. 맨 마
지막 기록은 몇 줄로 된 문장이었다. "쉰 살 생일을 지내고
나서 레온은 약간 변한 것 같다. 사람의 마음을 상하게 할
정도로 짐짓을 떨며 님을 무시하는 태도를 보인다. 그런데
그러면서 늘 마음이 어디 딴 곳에 가 있는 것 같아. 쉰 살
은 남자들에게 위험한 나이지. 감시를 잘해야겠다. 아냐!
난 그이를 철석같이 믿어." '철석같이'라는 단어 밑에는 세
개의 줄이 그어져 있었다.

그녀는 그를 믿는다고 한다! 그토록 질투가 심하면서도
이렇게 순진하다니! 그녀가 바람을 피웠으면 자기 죄가 덜
어지리라는 그의 허무맹랑하고도 더러운 희망과 불안이 터
무니없는 것이었다는 사실이 드러났다. 아내는 아무런 죄
도 짓지 않았으므로 당연히 그의 죄를 가볍게 해주지 않았
다. 그보다도 그녀는 그를 믿음으로써 그의 영혼에 가장 무
거운 마지막 짐을 더해주었다. 그건 그가 받을 당연한 벌이
었다. 레오니다스는 책상 앞에 앉아 자신의 비열한 손으로
더럽히고 더 엉망으로 만들어버린 애교스러운 무질서를 멍
하게 바라보고 있었다.

아멜리가 방으로 들어왔을 때 그는 화들짝 놀라거나 일어서지도 않고 그냥 자리에 가만히 앉아 있었다.

"당신, 여기서 뭐하는 거예요?" 그녀가 물었다. 아침나절 그녀 눈 밑에 드리워져 있던 퍼런 그늘은 그새 더 짙어져 있었다. 레오니다스는 당황하는 기미를 전혀 드러내지 않았다. 나는 정말 형편없이 교활한 거짓말쟁이로구나, 나를 당황하게 하는 상황이란 도무지 존재하지 않으니 말이다. 그는 그렇게 생각하면서 아멜리를 향해 짐짓 피곤한 표정을 지어 보이며 말했다.

"당신 서랍에 두통약이 있나 찾고 있어. 아스피린이나 피라미돈 같은 약 말야……"

"피라미돈이라면 거기 당신 눈앞에 상자째 놓여 있잖아요……"

"맙소사, 이걸 못 보다니……"

"내 편지들을 다 읽느라 너무 신경을 써서 머리가 아픈 거 아녜요? 여보, 자기 물건들을 나처럼 아무데나 늘어놓고 야무지게 챙기지 못하는 여자는 감춰야 할 비밀이 없는 법이라고요……"

"아멜리, 당신 비밀을 캐려고 한 게 아니었어. 난 당신이 어떤 사람인지 잘 알아. 나는 당신을 철석같이 믿는다고……"

그는 자리에서 일어나 그녀의 손을 잡으려 했다. 아멜리는 한 발짝 뒤로 물러나며 목소리에 잔뜩 힘을 주고 말했다.

"남편이 자기 아내를 너무 믿는다면 그건 그다지 매력 있는 여자로 여기지 않는다는 뜻도 되니까 아내한테 아주 정중한 태도는 아네요……"

레오니다스는 두 주먹을 관자놀이에 대고 꽉 눌렀다. 방금 전에 거짓말로 지어낸 두봉이 성발로 찾아왔나. 무슨 문제가 있는 게 틀림없어, 그는 그렇게 짐작했다. 오늘 아침에 벌써 뭔가 기분이 안 좋은 것 같았는데, 그새 더 심해진 게 확실해. 아내가 지금 내게 특유의 지독한 말다툼을 걸어오면서 나를 모독하고 화나게 만든다면 베라와의 일을 고백하기가 더 쉬울 거야. 그러나 아내가 너무 친절하고 상냥하게 굴면 내가 과연 고백할 용기를 낼 수 있을지 모르겠다…… 이런 빌어먹을! 두말할 필요 없어! 난 고백해야 해!

아멜리는 제비꽃색 장갑과 여름용 얇은 양모피 코트를 벗은 뒤 말없이 상자에서 약 한 알을 꺼내 욕실로 가더니 물 한 잔을 들고 돌아왔다. 아, 나한테 잘해주는구나. 유감 천만일세! 약을 숟가락에 넣고 녹이면서 그녀가 물었다.

"오늘 뭐 불쾌한 일 있었어요?"

"음, 사무실에서 아주 언짢은 일이 있었어."

"물론 슈피텔베르거 때문에 그런 거죠? 상상이 가요."

"아멜리, 내 일 이야기는 하지 맙시다……"

"그 빈젠츠 슈피텔베르거 말예요. 비 오기 전 말라비틀어진 두꺼비같이 생겼어요. 뵈메 산골의 초등학교 선생 출신인 스쿠테츠키 씨도 한심한 인간이구요! 요즘에는 어떻게 그런 수준의 사람들이 한 나라를 다스리는지 몰라!"

"옛날 제후와 백작들은 슈피텔베르거나 스쿠테츠키보다 더 훌륭한 외관을 갖추고 있었지만 나라를 더 고약하게 다스렸다고. 아멜리, 당신은 정말 구제불능의 탐미주의자야."

"레온, 당신은 그렇게 불쾌한 꼴을 당하며 참을 필요가 없는 사람이에요. 그런 상스러운 사람들한테 부대끼며 일할 필요가 없다고요. 그 사람들 앞에 사표를 내던져버려요……"

아멜리는 약이 든 숟가락을 그의 입가에 가져다 대고 약을 먹게 한 다음 물잔을 손에 쥐여주었다. 갑자기 밀어닥친 서글픔 때문에 그의 심장에서는 완전히 힘이 빠져버렸다. 그가 아멜리를 안아주려고 하자 그녀는 머리를 옆으로 돌렸다. 그녀의 머리 모양으로 보건대 오늘 그녀는 적어도 두 시간은 미장원에서 보냈을 것 같았다. 구름 같은 머리카락은 물결처럼 완벽한 웨이브를 이루고 있었으며 사랑 그 자체와도 같은 향기를 발산하고 있었다. 정말 미치겠군. 도대

5장 | **139**

체 내가 베라 보름서라는 유령과 무슨 상관이 있다는 말인가? 아멜리가 그를 딱딱한 눈길로 바라보았다.

"레온, 내 생각에 당신은 이제부터 점심식사 후에 한 시간씩 휴식을 취하는 게 좋을 것 같아요. 꼭 그렇게 하도록 하세요. 당신 아무리 젊어 보여도 남자들한테 위험한 나이라는 쉰이잖아요……"

레오니다스는 그녀의 말 한마디 한마디에 매달렸다. 그녀의 말이 자기 자신을 방어하는 데 도움이 될 수도 있다는 듯이 말이다.

"그래 여보, 당신 말이 맞아…… 오늘 난 쉰 살의 남자란 이미 늙은 남자라는 사실을 알게 되었어……"

"바보!" 그녀는 약간 비꼬는 듯 웃었다.

"난 당신이 지금 벌써 늙은 남자가 되어 있으면 좋을 것 같아요. 그런데 당신은 아직도 영원히 안 늙고 젊기만 한 남자, 여자들이란 여자들은 다 입을 헤 벌리고 쳐다보는, 남들이 다 인정하는 잘생긴 남자잖아요……"

점심식사가 준비되었음을 알리는 종소리가 들렸다. 아래층 큰 식당 방에는 작고 둥근 식탁이 창문 바로 옆에 놓여 있었다. 식당 한가운데에는 등받이가 높은 열두 개의 의자가 딸린 엄청나게 큰 가족용 식탁이 자리 잡고 있었는데, 그 식탁은 텅 빈 채로 죽어 있었다. 아니, 그보다 더 심했다. 그 식탁은 단 한 번도 살아보지 못한 채 완전히 죽어버린 식탁이었다. 레오니다스와 아멜리는 가족이 아니었다. 두 사람은 자기들 소유의 가족용 식탁으로부터 유배당한 후 자식 없는 인생에 어울리는 작은 식탁에 앉았다. 오늘은 아멜리도 레오니다스처럼 두 사람이 처한 이런 망명자의 처지를 어제와 그제 그리고 그전의 모든 세월보다 더 강하게 느끼는 모양이었다. 그렇지 않다면 그녀는 이렇게 말하지 않았을 것이다.

"당신만 좋다면 내일부터는 위층 거실에 식탁을 차리라고 시킬게요……"

레오니다스는 생각은 딴 곳에 두고 고개만 끄덕였다. 그의 모든 감각은 곧 꺼내야 할 고백의 첫 몇 마디를 향해 팽팽하게 긴장했다. 멋모르는 바보나 할 수 있는 주책없이 용감한 생각 하나가 떠오르자 그는 온몸을 떨었다. 자신의 엄청난 실책을 고백한 후 용서해달라고 애걸복걸하는 대신, 만용을 부려 아멜리에게 내 아들을 우리 집에 데려오자고 솔직하게 요구하면 어떨까…… 그 아들이 우리랑 같이 살면서 같은 식탁에서 식사를 할 수 있도록 말이다. 나와 베라의 아들이라면 분명 여러 가지 훌륭한 품성과 재주를 갖춘 아이일 것이다. 젊고 행복한 이 아들의 얼굴이 우리 두 사람의 삶을 좀더 밝게 만들어주지 않을까?

첫번째 요리가 왔다. 레오니다스는 자기 접시에 그 음식을 가득 덜었지만 세 입쯤 먹고 나서 포크를 내려놓았다. 하인은 아멜리에게 첫번째 음식이 든 그릇을 아예 처음부터 건네주지도 않고, 그 대신 토막 난 셀러리 줄기가 든 작은 그릇을 그녀의 식기 옆에 내려놓았다. 두번째로 나온 요리 역시 아멜리는 먹지 않았다. 그 대신 단 한 가지 양념도 첨가하지 않고 빠른 시간에 구워낸 아주 쪼끄만 갈비 한 쪽이 그녀의 접시 위에 놓여 있었다. 레오니다스는 놀란 얼굴로 그런 그녀를 지켜보았다.

"아멜리, 당신 어디 아파? 식욕이 그렇게 없어?"

그녀는 경멸과 분노를 감추려고 하지도 않고 그를 쏘아보며 말했다.

"배가 고파 죽을 것 같아요."

"참새 배나 겨우 채울 정도로 그렇게 조금만 먹어서야 배가 부를 수 있나……"

아멜리는 그녀를 위해 일부러 식초와 식용유를 넣지 않고 단지 몇 방울의 레몬즙만 넣어 만든 초록색 샐러드를 먹는 둥 마는 둥 이리저리 쑤셔대고 있었다.

"내가 사막의 성녀처럼 살고 있다는 사실이 오늘에야 처음으로 당신 눈에 띈 거예요?" 그녀가 톡 쏘듯이 말했다.

그는 긴말하지 않고 어설프게 되물었다.

"무슨 대단한 하늘나라를 얻고 싶어 그렇게 성녀처럼 사는 거야?"

그녀는 구역질이 난다는 듯 격한 동작으로 샐러드를 옆으로 치워버렸다.

"가소로운 하늘나라를 얻고 싶어 그래요. 내가 어떻게 보이든지 당신한테 나란 존재는 아무 상관없어요, 안 그래요? 내가 무거운 드럼통처럼 뚱뚱하든 아니면 바람의 요정처럼 가볍든 당신한테는 그게 전혀 중요하지 않아요……"

운수 사나운 날을 만난 레오니다스는 어설픈 말과 행동이 얽히고설킨 덤불 숲 속을 여전히 헤매면서 말했다.

"여보, 난 당신을 있는 그대로 좋아해…… 당신은 내 외모를 과대평가하는 거야…… 나 때문에 사막의 성녀처럼 살 필요는 정말 없다고……"

그녀 자신보다 더 늙은 그녀의 두 눈이 그를 매섭게 쳐다보았는데, 두 눈은 보기 흉할 정도로 뒤틀린 분노로 가득차 있었다.

"아, 그렇군요. 그러니까 나라는 존재는 당신한테 정말 아무래도 상관없다, 그런 말이군요. 당신은 내가 별별 애를 다 써도 더 이상 예뻐지거나 젊어지지 않을 거라고 생각하죠? 당신한테는 내가 버리지 못하고 그냥 질질 끌고 다니는 오래된 고약한 습관과도 같은 존재일 뿐이라고요. 고약하긴 하지만 쓸 만한 구석은 있는 그런 습관 말예요……"

"맙소사, 아멜리, 당신이 지금 무슨 말을 하고 있는지, 한번 잘 생각해봐……"

그러나 아멜리는 자기가 무슨 말을 하는지, 아니 무슨 말을 쏟아내고 있는지 전혀 생각해보려고 하지 않았다.

"그런데도 난 아까 멍청이같이 당신이 내 편지를 몰래 훔쳐보고 있는 역겨운 모습을 보고 하마터면 좋아할 뻔했어요. 아, 저이도 질투를 하는구나, 그렇게 생각했다고 요…… 그런데 당신한테서는 질투의 흔적도 찾을 수 없군 요…… 당신은 연애편지보다 훨씬 더 값나가는 문서들이 어디 있나 뒤지고 있었던 게 분명해요. 내 서랍 앞에 앉아 있는 당신 모습은 뭐라고 딱 꼬집어 말할 수 없이 너무 애매모호했다고요. 난 정말 깜짝 놀랐어요…… 신사인 척하는 고등 사기꾼처럼 보였어요. 일요일에 하녀를 유혹하는 주인 남자처럼 보였다고요……"

"고맙군." 레오니다스는 이렇게 말하고 나서 자기 앞에 놓인 접시를 바라보았다. 그러나 아멜리는 더 이상 참지 못하고 큰 소리로 흐느끼기 시작했다. 또 말도 안 되는 비난이 시작되었어. 아무짝에도 쓸데없이 사람 속만 뒤집어놓는 말들이 쏟아져 나오는구나. 아멜리는 지금까지 재산 문제와 관련해서는 나를 이런 식으로 의심하는 말을 단 한 번도 한 적이 없었어. 우리 두 사람의 재산을 분리하자고 늘 주장해오고 있는 나한테, 아멜리가 은행가나 변호사와 협의할 일이 있을 때면 매번 자리를 비워주는 나한테 이런 비난의 말을 퍼붓다니…… 그런데 아멜리는 표적을 빗나간 것 같지만 실은 명중했어. 일요일에 하녀를 유혹하는 주인 남자! 아멜리가 나한테 잘해줘도 고백하기 힘들지만 저렇게 화를 내도 말을 꺼내기가 쉽지는 않군. 고백할 수가 없어……

그는 몹시 괴로운 얼굴로 자리에서 일어나 아멜리에게 다가갔다. 그리고 그녀의 손을 잡았다.

"당신이 지금 아무렇게나 내뱉은 그 어리석은 말들이 무슨 소리인지, 난 전혀 알고 싶지 않아…… 당신, 체중에 신경 쓰느라 칼로리 계산만 하면서 지나치게 다이어트를 하는데, 그러다가는 신경쇠약에 걸리고 말 거야…… 자, 이제 좀 자제하라고…… 사람들 앞에서 우리가 희극을 공연할 건 아니잖아……"

레오니다스가 이렇게 타이르자 아멜리는 그제야 정신을 차렸다. 하인이 금방 들어올 수도 있었으니까 말이다.

"레온, 용서하세요. 부탁이에요."

그녀가 여전히 흐느끼면서 더듬더듬 말했다. "오늘 기분이 정말 엉망이에요. 이 날씨하며, 그놈의 미용사하며…… 그런데 집에 오니까……"

그녀는 다시 자신을 억제할 수 있게 되었다. 아멜리는 손
수건을 눈가에 대고 꾹꾹 누른 뒤 이를 악물었다. 나이 든
하인이 블랙커피를 가지고 들어와 과일이 담긴 접시와 손
씻는 물이 담긴 그릇을 먼저 치웠다. 아무 눈치도 못 챈 것
같은 그는 진지하지만 무관심한 자세로 한참을 식탁 주위
를 이리저리 돌아다니며 정리를 하고 또 시중도 들었다. 그
러는 동안 두 사람은 아무 말도 하지 않았다. 하인이 나가고
둘만 남게 되었을 때 레오니다스가 얼른 물었다.

"나를 그렇게 불신하게 된 무슨 특별한 이유가 있는 거
야?"

숨을 죽이고 안타깝게 눈치를 살피면서 이렇게 묻는 동
안 그는 캄캄한 낭떠러지를 사이에 둔 절벽의 한쪽에 서서
두 절벽을 이어줄 널빤지를 건너편으로 던지고 있는 느낌
이 들었다. 아멜리는 빨개진 눈을 들어 절망에 가득 차 그
를 쳐다보았다.

"그래요, 레온. 그럴 만한 특별한 이유가 하나 있어
요……"

"그게 뭔지 내가 알아도 될까?"

"내가 당신한테 자꾸 캐묻는 거 당신 싫어하잖아요. 그
러니 날 그냥 내버려둬요. 시간이 지나면 괜찮아질지도 모

르고요."

"그렇지만 내가 괜찮지 않다면 어떡할 건데?" 그는 낮은 목소리로, 하지만 말 한마디 한마디에 힘을 주어 말했다. 그녀는 한참 동안 자기 자신과 씨름하더니 이마를 숙이며 말했다.

"당신 오늘 아침에 편지 한 통 받았죠……"

"한 통이 아니고 열한 통이었어……"

"하지만 그중 한 통은 여자한테 온 거였어요…… 일부러 꾸민 것 같고 또 가식적인 여자 글씨였다고요……"

"이 글씨가 정말 그렇게 가식적이라고 생각해?" 레오니다스는 양복 안주머니에 들어 있던 지갑을 천천히 꺼내 거기서 증거물인 베라의 편지를 펼쳐 들었다. 그는 자기 의자를 식탁에서 창문 쪽으로 약간 비스듬히 밀쳐 비에 젖은 햇빛이 편지 위에 비치도록 했다. 방에서는 운명의 저울이 움직임을 멈추고 가만히 서 있었다. 만사는 맨 처음부터 정해진 길을 따라 이렇게 진행되는 거구나! 걱정 같은 건 아예 할 필요도 없어. 즉흥적으로 둘러댈 필요까지도 없다고. 만사는 생각했던 것과는 달리 진행되니까. 그것도 저절로 말이다. 우리의 미래는 아멜리가 편지의 행간을 읽을 수 있느냐 그렇지 않느냐에 달려 있어. 갑작스레 냉철한 관찰자가 된 레오니다스는 손을 내밀어 아멜리에게 베라의 얇은 편지를 건네주었다.

그녀가 편지를 받았다. 그리고 읽었다. 낮은 목소리로 낭독하기 시작했다. "존경하는 차관님!" 이 호칭을 읽자마자 아멜리의 얼굴에 실려 있던 긴장이 봄눈 녹듯이 풀리는 게 너무도 분명히 눈에 보였다. 아멜리의 얼굴에서 이런 일이 일어나는 것을 이제까지 단 한 번도 겪지 못했다는 생각이 들 정도였다. 그녀는 큰 소리로 안도의 숨을 내쉬었다. 그런 다음 그녀는 편지를 계속 읽었다. 그녀의 목소리가 점점 더 커지고 있었다.

"차관님께 한 가지 부탁을 드리지 않을 수 없게 되었습니다. 제 일신상의 일이 아니라 우수한 재능을 가진 한 청년 때문입니다……"

우수한 재능을 가진 한 청년 때문이란다. 아멜리는 편지를 더 이상 읽지 않고 식탁에 내려놓았다. 그리고 다시 흐느껴 울기 시작했다. 그러다가 웃었다. 웃다가 울고, 울다가 웃었다. 그러나 마침내 웃음이 그녀의 내부에서 퍼져 나가 날름거리는 불꽃처럼 그녀를 가득 채웠다. 그녀가 자리에서 벌떡 일어나 레오니다스에게 무너지듯 다가왔다. 그리고 그의 발 옆에 앉아 머리를 그의 무릎 위에 얹었다. 전에도 그녀는 레오니다스에게 아무런 저항 없이 자기를 맡긴다는 뜻으로 이런 몸짓을 하곤 했었다. 하지만 그녀의 키가 아주 컸고 다리 역시 길었기 때문에 자기 비하의 이런 격렬한 몸짓은 그때마다 레오니다스의 눈에 어딘지 조금은 경악스럽고 충격적이기까지 했다.

"당신이 미개한 남자라면……" 그녀가 더듬거리며 말했다. "그렇다면 당신은 지금 날 때리거나 목을 조르거나 아니면 무슨 다른 짓을 하겠지요. 내가 당신을 무지무지하게 증오했으니까요. 나는 지금까지 그 무엇도, 그 누구도 이렇게 증오해본 적이 없어요, 여보. 지금부터 제발 아무 말도 하지 말고 내 말을 들어줘요. 다 고백할게요……"

그는 아무 말도 하지 않고 그녀가 고백하도록 놔두었다. 그저 부드러운 물결처럼 손질된 그녀의 금발 머리만을 뚫어져라 쳐다보았다. 그녀는 단 한 번도 레오니다스를 쳐다보지 않고 마치 땅바닥을 향해 말하듯 머리를 숙이고 빠른 속도로 말했다.

"미장원에 가서 머리를 니켈로 된 원통 밑에 집어넣고 몇 시간을 그렇게 앉아 있으면 말예요, 별별 생각이 다 들어요. 윙윙거리는 소리가 끊임없이 귀를 괴롭히고 공기는 점점 더 뜨거워져요. 모근이란 모근은 다 극도로 예민해져 소리를 지르는 것 같아요. 증기로 고데를 하려면 그런 고문을 다 참고 견뎌야 한다고요. 저녁에 우리 오페라에 갈 거잖아요. 그런데 날씨가 이런 날에는 머리카락이 말을 안 듣고 자꾸 위로 치켜 올라와요…… 그렇게 앉아 미쳐버리지 않으려고 패션 잡지를 뒤적이고 있었어요. 그래도 눈에 들어오는 건 아무것도 없더라고요. 당신도 상상할 수 있겠지만, 나는 정신이 딴 데 가 있었거든요. 난 당신이 평생 나한테 거짓말을 하고 산 사람이라고 확신하고 있었어요. 뻔뻔스러운 사기꾼, 일요일에 하녀나 유혹하는 주인님자…… 정말 그런 사람이라고 생각했어요. 늘 멋지게 차려입는 미끈미끈한 뱀장어 같은 남자 말예요. 내 상상 속의 당신이 어떤 사람이었는지 한번 들어봐요. 당신은 지난 이십 년 동안 나를 속였어요. 법정에서 사람들이 이런 걸 뭐라고 하죠? 맞아요, 현혹했다고 하죠. 그래요, 당신은 온갖 현혹으로 날 속여왔어요. 우리 약혼식 날부터 당신은 본색을 감추고 나한테 다른 모습만 보여준 거라고요. 그런데 나는 이십 년의 세월이 지난 후에야, 내 젊음을 다 잃은 지금에야 당신한테 딴 여자가 있다는 것을, 베라 보름서라는 이름의 애인이 있다는 사실을 알게 된 거예요. 당신이 아침식사 하러 오기 바로 직전에 식탁 위에 놓인 그 여자 편지를 봤거든요. 그건 정말 무서운 계시나 깨달음과 같은 거였어요. 그 편지를 훔치고 싶은 마음을 억누르느라 얼마나 힘들었는지 당신은 상상도 못할 거예요. 하지만 편지를 훔칠 필요가 전혀 없었어요. 내가 받은 계시를 통해 난 당신이 이중생활을 하는 인간이라는 것을 불 보듯 환하게 알게 되었으니까요. 영화에 보면 그런 남자들 나오잖아요. 내 머릿속에서 당신은 베라라는 여자랑 살림을 차렸더라고요. 그림처럼 아름다운 집에서 말예요. 당신이 직장에 나가서 뭘 하는지, 밤늦은 시간까지 그 많은 회의에 참석해야 한다고 했지만 정말 그랬는지 내가 어떻게 알겠어요. 당신은 그 여자랑 자식도 낳아 키웠어요. 자식이 둘, 아니 셋이나 되었어요…… 당신이 그 여자랑 사는 집도 봤어요. 내 말 믿어줘요. 되블링 어디쯤에 있는 집이었어요. 쿠글러 공원 아니면 베르트하임슈타인 공원 근처였어요. 아이들이 공기가 항상 좋은 데서 건강하게 잘 자라게 하려고 공원 근처에 살림을 차린 거죠. 난 당신이 그 여자를 위해 온갖 가구까지 장만해준 그 아늑하고 편안한 집에도 직접 들어가봤어요. 우리집에서 어느 날 없어져버린 자잘한 물건들도 그 집에 있더라고요. 당신 자식들도 봤어요. 맞아요. 세 명이었어요. 어린 사생아들, 정말 싫었어요. 그 아이들이 당신 옆에서 깡충거리며 뛰어다니고 있었어요. 어떨 때는 당신을 아저씨라 부르고 또 다른 때는 뻔뻔스럽게 아빠라고 부르기도 하더군요. 그리고 당신은 아이들 숙제하는 걸 돌봐주었어요. 막내는 당신 무릎 위에 기어오르기도 했고요. 당신은 책에나 나오는 행복한 아빠 그 자체였어요. 이 모든 상상을 난 고데용 헬멧에 갇힌 채 견뎌야 했다고요. 절대 도망칠 수가 없었어요. 도망은커녕 아첨하기 좋아하는 미용사가 날 지루하지 않게 해준답시고 다가와 뭐라고 말을 할 때마다 상냥하게 대꾸까지 해줘야 했어요. 차관 사모님, 정말 눈부시게 아름다우십니다. 차관 사모님, 쉔부른 궁전 가장무도회에 젊은 황후 마리아 테레사로 가시면 어떻겠습니까. 폭이 넓은 긴 치마를 입으시고 한참 높은 하얀색 가발을 쓰시면 되겠습니다. 그 어느 귀족 부인도 차관 사모님보다 더 아름다울 수 없을 겁니다. 차관님께서 사모님 보시면 아주 좋아하실 거예요. 미용사가 이렇게 온갖 아첨을 늘어놓는데, 난 되블링에서 딴 여자와 살림을 차리고 자식까지 낳아 행복한 아빠 노릇을 하는 망나니인 차관 마음에 들고 싶은 생각 따위는 손톱만큼도 없다고 대꾸할 수가 없었어요…… 아무 말도 하지 말고 내가 끝까지 고백하도록 해줘요. 당신이 제일 언짢아할 내용은 이제야 나오니까요. 레온, 난 당신을 증오하기만 한 게 아니라 섬뜩해질 정도로 당신이 무섭더라고요. 당신의 이중생활을 무엇과 비교할 수 있을지 난 모르겠지만 어쨌든 그게 내 눈앞에 환히 나타났어요. 그런데 동시에 내 머릿속에는 당신이 분명 날 죽이고 싶어 할 거라는 생각이 들었어요. 내가 어쩌다가 한 치의 의심도 하지 않고 그렇게 믿을 수 있었는지, 지금은 상상하기 힘들지만 어쨌든 그 순간에는 그랬다고요. 당신은 어떻게든 날 죽여야 하니까요. 베라 보름서를 죽여서는 안 되죠. 당신 자식들 어머니니까 말예요. 누구나 다 그걸 인정할 거라는 생각이 들었어요. 그런데 베라 보름서와는 달리 나는 당신과 그저 결혼증서, 그러니까 종잇장 하나로만 묶인 사람이니, 당신은 나를 죽이려 할 거라는 결론이 나오죠. 당신은 날 아주 교묘하게 죽였어요. 날마다 소량의 독을 먹여 천천히 죽게 하는 거예요. 샐러드에 독을 몇 방울 떨어뜨리는 게 제일 좋은 방법이죠. 르네상스 시대에 보르자 가문 사람들이 그렇게 했다잖아요. 당신도 그 사람들한테 배운 대로 하는 거예요. 날마다 독을 먹어도 거의 아무 느낌이 없어요. 하지만 빈혈증과 위황병*이 매일 조금씩 더 심해지다가 결국 죽어요. 레온, 맹세코 말하지만, 난 내가 관 속에 누운 모습까지 봤어요. 당신이 나를 놀랍도록 그럴듯하게 관 속에 뉘었더라고요. 아직 너무도 젊은 얼굴에 갓 고데를 한 머리카락은 물결처럼 아름다워 황홀할 지경이었어요. 거기다가 위아래로 눈부시게 흰옷을 입고 있었는데, 잘잘 흐르는 듯 부드럽고 얇은 비단으로 만든 주름진 옷이었어요. 내가 빈정대느라고, 아니면 농담하려고 이런 이야기한다고 생각

---

* 철 결핍성 빈혈증. 피부나 점막 등이 창백해지며 두통이나 어지러움, 이명 등의 증상이 나타난다.

하면 절대 안 돼요. 더 이상 어쩔 수 없는 지경에 이르러서야, 이미 죽은 사람이 되어서야 비로소 내가 그토록 열렬하게 사랑했던 사람, 내가 그토록 열렬하게 믿었던 사람이 교활하고 음흉하게 아내를 살해한 남자라는 사실을 깨달았을 때 내 가슴은 찢어질 것 같았으니까요. 어쨌든 다들 내 장례식에 왔어요. 당연하죠. 당신한테 조의를 표하기 위해 대통령과 장관들 그리고 기관장들, 각계의 모든 지도자들이 몰려왔어요. 그런데 말이에요, 장례식 때 당신의 몸가짐은 끔찍할 정도로 완벽했어요. 연미복을 입고 있었거든요. 우리가 처음 만났을 때처럼 말예요. 당신 아직 생각나요? 법대생 무도회에서 우리가 처음 만났을 때 당신이 연미복을 입고 있었잖아요. 그렇게 완벽한 모습으로 당신은 대통령과 나란히 내 관 뒤를 따라 걸어가고 있었어요. 아니, 그냥 보통으로 걸어간 게 아니라 성큼성큼 활보하고 있었어요. 그러고는 아이들과 함께 관람석에 앉아 장례식을 구경하고 있던 베라 보름서한테 눈을 찡긋거리며 윙크를 하는 거예요…… 그런데 여보, 내가 이런 광경들을 머릿속에 담고 집에 들어왔는데, 당신이 내 편지들을 뒤적이고 있지 않았겠어요? 지난 이십 년 동안 그런 일은 단 한 번도 없었다고요. 난 내 눈을 의심했어요. 그래서 아, 이게 내 머릿속에만 들어 있는 상상이 아니구나, 했지요. 당신은 내가 알던 당신이 더 이상 아니고 전혀 낯선 사람, 이중생활을 하는 사람, 다른 여자의 남편, 신사처럼 보이지만 남이 안 보면 사기를 치는 사람이었어요. 당신이 날 용서할 수 있을지 잘 모르겠지만, 내 생각 그대로 털어놓을게요. 당신이 내 편지를 들여다보고 있는 그 순간에 번개처럼 든 생각이 뭔 줄 알아요? 아, 이 사람은 내가 죽고 나면 내 재산을 가로채려고 하는구나, 오직 그 일만 성사시키고 싶어 하는 사람이로구나…… 그래요, 레온, 당신은 정말 그런 사람처럼 보였다고요. 서랍이 다 열린 내 책상 앞에 앉아 있는 당신은 영락없이 유서를 위조하는 사람, 가로챌 유산이 어디 있나 두리번거리며 찾는 사람같이 보였다니까요. 그런데 난 유서 같은 거 쓸 생각 단 한 번도 안하던 사람 아녜요? 모든 게 다 당신 소유니까요! 아무 말도 하지 말아요! 내가 다 말하게 그냥 놔둬요. 다 말할 거예요. 다, 다! 내 이야기 다 듣고 난 다음에 당신은 엄한 고해성사 신부님처럼 나한테 벌을 내려야 해요. 끔찍한 보속을 내려줘요! 가령 다음에는 혼자 아니타 호요스한테 가세요. 그 여자, 당신한테 홀딱 반해 있잖아요. 그리고 당신은 그 여자를 깨물고 싶어할 만큼 좋아하죠? 당신이 그 여자한테 가 있는 동안 난 참을성 있게 집에 앉아 있을 거고, 당신이 돌아와도 당신한테 화 안 낼게요. 오늘 오전 내 머릿속에 들어 있던 이 모든 상상은 당신 탓이 아니라는 걸 난 잘 알고 있으니까요.
나 혼자 잘못한 거예요. 그리고 아무 죄도 없는 보름서라는
이 여자분 편지 때문이었어요. 말이 나온 김에 하는 말인데
요, 이 여자분 글씨는 어쩐지 괜히 싫은 거 있죠. 남자들은
아무리 교활해도 미장원에서 머리에 고데를 하기 위해 니
켈로 된 헬멧을 쓰고 앉아 있어야 하는 여자가 하는 그런
상상을 할 수는 없을 거예요. 그런 상상을 표현할 단어는
이 세상에 없어요. 그런 상상을 했지만 나는 실은 히스테리
가 많은 여자도 아니에요. 게다가 상당히 지적이기도 하고
요. 당신이 언젠가 그랬죠. 내가 지적인 여자라고. 당신은
내 말을 제대로 이해해야 해요. 난 당신이 이중생활을 할 수
없다는 것을 잘 알고 있고요, 돈에 관심이 없다는 것 그리
고 이 세상에서 가장 고상한 사람이라는 것도 알아요. 게다
가 당신은 남들이 인정하는 교육자예요. 온 세상이 다 당신
을 존경하고 또 당신은 나보다 우월한 사람이에요. 그렇지
만 동시에 나는 당신이 교활한 사기꾼이고 독약으로 아내를
서서히 죽이는 사람이라는 사실 역시 정확히 알고 있었어
요. 질투 때문에 그런 생각을 하게 된 게 아니었어요. 내 말
믿어줘요. 이 모든 상상은 마치 바깥쪽에서 내 안으로 뚫고
들어온 것 같았다고요. 영감이나 계시처럼 말예요. 그런데
난 당신한테 물 한 잔을 가져다주면서 독약으로 나를 죽일

살인자인 당신한테 피라미돈을 내 손으로 녹여 입에 대주었죠. 그렇게 나 스스로를 시험하고 있을 때 내 심장은 사랑과 혐오감 때문에 피를 철철 흘리고 있었어요. 정말이에요, 레온. 자, 이제 당신한테 다 말했어요. 한 가지도 빼놓지 않고 다 고백했다고요. 오늘 내 마음속에서 도대체 무슨 일이 일어난 건지, 난 이해할 수가 없어요. 혹시 당신이 나한테 설명해줄 수 있어요?"

아멜리는 단 한 번도 얼굴을 들어 위를 쳐다보지 않고 내내 바닥 쪽으로 고개를 숙인 채 처음부터 끝까지 한순간도 쉬지 않고 단숨에 고백을 해치웠다. 그저 가끔 너무 부끄러워 얼굴이 뜨거워질 때만 빈정거리는 표현으로 고백의 말들을 중단했을 뿐이었다. 레오니다스는 자기 자신의 생각과 느낌을 이토록 적나라하게 드러내는 고백을 아직까지 한 번도 들어본 적이 없었다. 그리고 또한 그는 아멜리가 그런 고백을 할 수 있는 여자라는 생각 역시 해본 적이 없었다. 그녀는 이제 얼굴을 그의 무릎에 꼭 붙이고 있었고 그녀의 눈에서는 눈물이 하염없이 흘러내렸다. 그녀의 따뜻한 눈물 때문에 그의 얇은 바지 천이 축축해지고 있는 게 느껴졌다. 찝찝하긴 했지만 동시에 몹시도 감동스러웠다. 당신 말이 맞아, 오늘 아침 당신에게 쳐들어와 오전 내내 당신 마음을 붙잡고 놓아주지 않은 것은 진정한 계시였어.

베라의 편지가 당신에게 그 계시를 불어넣어준 거야. 당신은 진실의 불꽃 아주 가까운 곳까지 날아가 불꽃 주위를 맴도는 불나방과 같았어. 당신이 어떻게 그런 투시력을 갖게 되었는지, 난 당신한테 설명해줄 수가 없어! 그건 무슨 말이냐 하면, 이제 내가 마침내 입을 열어야 한다는 뜻이야. 이렇게 서두를 꺼내야겠지. 그래 당신 말이 옳아. 정말 신기한 노릇이지만, 당신은 진정한 계시를 받은 거야…… 그러나 나는 과연 이렇게 이야기할 수 있을 것인가? 누군가 나보다 성격이 훨씬 더 강한 사람일지라도 과연 이런 상황에서 이렇게 이야기를 꺼낼 수 있을까?

"당신의 고질인 그 질투 때문에 생긴 이 온갖 공상들 말이야." 그는 큰 소리로 말했다. "정말 고약하기 짝이 없군 그래. 그렇지만 교육자인 나는 직책상 인간의 영혼에 대해 어느 정도 알고 있는 사람이거든. 오래전부터 당신 신경이 아주 날카로워져 있다는 걸 깨닫고 있었다고. 당신과 나, 우리 두 사람은 이십 년을 같이 살아왔고 딱 한 번 서로 오랜 기간 헤어져 있어야 하는 고통을 맛본 사람들이야. 그러니 위기가 찾아올 수밖에 없는 거라고. 오늘은 당신한테, 내일은 나한테, 이렇게 말이야. 당신의 명예를 훼손시킬 수도 있는 무의식의 세계를 다른 사람 아닌 나한테 그렇게 솔직히 털어놓은 당신의 행동은 정말 아주 도덕적이었어. 그런 고백을 할 수 있는 당신이 부러워. 하지만 내가 아내를 독살하고 유서를 위조할 위인이라는 말, 이미 거의 다 잊어버렸어. 그렇게 생각하고 있으라고……"

내 입에서는 여전히 거짓말이 술술 흘러나오는군. 난 단한 가지도 잊어버리지 않았어. 일요일에 하녀를 유혹하는 주인 남자, 이 말은 이미 내 마음속에 꽉 박혀 있어. 아멜리가 얼굴을 들었다. 그녀의 얼굴에는 레오니다스의 말에 열심히 귀를 기울이며 행복해하는 기색이 분명하게 드러나 있었다.

"고해성사를 하고 보속을 받고 나면 정말 말로 표현할 수 없이 행복해요. 참 이상하지 않아요? 갑자기 내가 한 공상들이 다 사라져버렸어요……"

레오니다스는 한 손으로 그녀의 머리를 쓰다듬으면서 애써 옆쪽을 바라보았다.

"마음 깊은 곳에서 우러나온 고해성사를 바치고 나면 마음이 정말 새털처럼 가벼워지는 법이지. 그런데 당신은 도무지 아무 죄도 짓지 않았으면서 고해를 한 거고……"

아멜리는 움찔했다. 그리고 갑자기 그의 속마음을 알고 싶다는 듯 차가운 눈으로 그를 쳐다보았다. "당신은 왜 그렇게 끔찍하게 마음씨 좋고 현명하고 지혜로운 거예요? 아무래도 상관없는 것 같고 마음이 어디 먼 곳에 가 있는 것 같아요. 티베트 수도승 같다고요. 이럴 때 당신 자신의 나쁜 죄를 고백하는 것으로 내게 답례를 한다면 더 고상하지 않겠어요?"

물론 그러면 더 고상하겠지. 그는 그렇게 생각했다. 침묵이 아주 깊어졌다. 그러나 그의 입에서는 결심이 제대로 서지 않은 듯한 헛기침 소리만 나올 뿐이었다. 아멜리는 그새 자리에서 일어나 있었다. 그녀는 얼굴에 꼼꼼하게 분을 바르고 입술 화장도 다시 했다. 그것은 흥분에 찬 인생 연극의 한 막을 내릴 때 여자들이 숨 돌릴 틈을 얻기 위해 하는 몸짓이었다. 그녀는 식탁 위에 놓여 있던 베라의 무고한 청탁 편지를 다시 한 번 쳐다보았다. "레온, 이런 말 한다고 화내지 말아요." 그녀는 약간 망설였다. "내 마음을 불편하게 하는 일이 또 한 가지 있어요…… 오늘 받은 그 많은 편지 중에서 왜 하필이면 생판 모르는 그 여자 편지를 지갑 속에 넣고 다니는 거예요?"

"이 여자분은 내가 전혀 모르는 사람이 아냐." 그는 짧지만 진지하게 대꾸했다. "옛날에 알던 사람이거든. 내 인생에서 가장 서글펐던 시절에 나는 이 여자 집에서 가정교사를 했었으니까……"

그는 경직된 몸짓으로, 아니 화가 난 몸짓으로 편지를 집어 들어 자기 지갑 속에 다시 넣었다.

"그럼 우수한 재능을 가졌다는 그 젊은이를 위해 당신이 무슨 좋은 일을 해줘야겠군요." 이렇게 말하는 아멜리의 4월의 날씨 같은 눈에는 꿈꾸는 듯한 따뜻함이 서려 있었다.

6장

베라가 나타나다 그리고 사라지다

식사가 끝나자마자 레오니다스는 집에서 나와 차를 타고 교육부로 갔다. 이제 그는 두 손으로 턱을 괴고 앉아 사무실의 높은 창문 사이로 밖을 내다보았다. 비 온 후라 국민 공원의 나무들은 진주조개빛 안개에 휩싸인 채 구름 낀 하늘 쪽으로 뻗어 있었다. 그의 마음은 아멜리에 대한 놀람과 경탄으로 가득 차 있었다. 한 남자를 사랑하는 여자는 여섯 번째 감각을 가지고 있다. 숲속을 배회하는 들짐승들이 적이 다가오는 낌새를 대뜸 알아차리듯, 여자들 역시 그런 능력으로 무장되어 있는 것이다. 남자들이 저지른 죄를 알아차리는 문제에 관한 한 여자들은 천리안을 가진 존재였다. 아멜리는 모든 것을 다 알아차렸다. 물론 그녀 특유의 사고방식대로 많은 것을 과장하고 왜곡했으며 잘못 해석했지만 말이다. 어떻게 설명할 수는 없지만 두 여자가 서로 공모한 것이 아닌지 의심을 할 수도 있었다. 옅푸른색 잉크로 쓴 여자 글씨 안에 모습을 드러낸 베라와 그 글씨를 그저 일별했을 뿐인데도 심장이 멎어버릴 듯 충격을 받은 아멜리가 말이다. 몇 줄밖에 되지 않는 주소 가운데서 베라는 아멜리의 귀에 진실을 속삭여주었고, 아멜리는 이 진실을 날벼락 같은 계시로 느낄 수밖에 없었다. 그런데 아멜리의 그런 투시력이 편지의 건조한 문장 앞에서 결판이 나고 말았으니, 이 얼마나 엄청난 모순인가! 그러나 아멜리는 모든 것을 다 알고 있는 듯하면서도 또 아무것도 모르는 채 그의 가면을 벗겨버렸다. "일요일에 하녀를 유혹하는 주인 남자!" 오늘 그 자신이 스스로를 혼인 빙자 사기꾼이라 칭하지 않았던가? 그리고 사실 그는 범죄를 가리키는 이 명칭의 의미 그대로 혼인 빙자 사기꾼이 아니었던가? 아멜리는 그의 얼굴을 보고 이 사실을 알아챌 수 있었다. 하지만 아멜리가 그 말을 하기 바로 전에 그는 거울에 비친 자기 얼굴을 보고도 그런 야비함을 전혀 발견하지 못했다. 그보다도 그는 자기 얼굴에서 잘 다듬어져 보기 좋은 고상함을 발견했고 이 고상함은 그의 마음속에서 이상스러운 자기 연민을 불러일으켰다. 그리고 아멜리에게 모든 것을 다 고백하겠다는 그의 결심은 그가 뭘 어떻게 하기도 전에 그 반대가 되고 말았다. 그가 아니라 아멜리가 고백을 했으니 말이다. 어쩌다가 그렇게 되고 말았을까? 그녀의 고백은 그녀가 그를 정말 사랑한다는 커다란 증거가 아니고 무엇이겠는가! 그는 실은 사랑을 받을 자격이 없는 사람이었는데도 말이다. 진실을 알리고 말겠다는 단호한 용기, 단호함을 넘어서서 염치를 무릅쓰는 용기—아멜리가 가진 그런 용기를 그는 평생 단 한 번도 가진 적이 없었다. 그건 아마도 그의 열등한 태생 탓일 것이며 한때 너무도 가난했기 때문일 터였다. 그의 젊은 날은 두려움과 출세에 대한 욕망 그리고 상류 계층 사람들 앞에서 떨며 그들을 터무니없이 과대평가하는 마음으로 가득 차 있었다. 그는 지독한 노력을 기울여 하나부터 열까지 배우고 익혀야 했다. 사교장 안으로 들어갈 때 느긋하게 구는 일, 여유만만한 자세로 남들과 대화를 주고받는 일, 식탁에서 긴장을 풀고 자유롭게 식사를 하는 일, 남을 칭찬하고 남의 칭찬을 받아들일 때 적절한 선을 지키며 한계를 넘지 않는 일—상류 계층에 속한 사람들이 날 때부터 갖추고 있는 이 모든 섬세하고도 어쩌면 자명한 미덕들 말이다. 쉰 살 나이의 그는 계층 간 차이가 아직 팽팽했던 세월을 살았던 사람이었다. 지금의 젊은 사람들이 스포츠에 쏟는 에너지를 그는 특별한 경기를 위해 사용했다. 그것은 수줍어하는 성격을 극복하고 자기에게는 뭔가가 부족하다는 느낌, 끈질기게 마음 한구석을 차지하고 있던 느낌을 없애려는 노력이었다. 아아, 자살한 친구의 연미복을 처음으로 입고 거울 앞에서 승자라는 느낌을 가지고 자기 자신 앞에 서 있던 순간이 생각나는구나! 그것은 영원히 잊히지 않을 시간이었다. 섬세하고도 자명한 사교술을 그새 완벽하게 배웠고 또 지난 몇십 년 동안 무의식적으로 그 사교술을 발휘하며 살았음에도 불구하고 그는 로마인이 '해방된 노예'라고 부른 바로 그런 존재였다. 노예 신분으로 살다가 해방된 사람은 파라디니 가문에서 태어난 사람과는 달리 진실에 대한 자연스러운 용기를 소유하고 있지 않았다. 그리고 그에게는 모든 수치를 무릅쓰고라도 진실을 고백하려는 무모한 고상함이 없었다. 게다가 아멜리는 그가 스스로 알고 있던 내면의 수렁보다 더 깊은 수렁을 알아차렸다. 그렇다. 사실대로 말하자면 그는 베라의 아들이 자신의 아들이기도 하다는 사실을 고백하고 인정할 경우 아멜리가 터트릴 분노와 그녀의 복수를 무서워하고 있었다. 그는 아멜리가 당장 이혼 소송을 제기할 거라는 사실을 무서워하고 있었다. 그는 자기가 별것 아니라는 듯 여유만만하게 누리고 즐기는 재산, 바로 이 재산의 상실을 그 어떤 것보다 더 무서워하고 있었다. 남들이 다 고상하다고 말하는 남자, '돈에 연연하지 않는' 남자, 높은 관직에 앉아 국민의 교육을 책임지고 있는 사람—그런 사람인 그는 동료들의 빠듯하고 부자유스러운 생활을 견디지 못할 것이다. 날이면 날마다 좀더 편하고 넉넉하게 살고 싶다는 욕망에 맞서 싸워야 하는 삶을 견디지 못할 것 같았다. 그는 이미 돈에 의해 너무도 타락해 있었고 무엇을 갖고 싶다는 생각이 고개를 쳐들 경우 그 욕구를 내쳐버릴 필요가 없는 여유로운 생활을 영위해왔다. 그는 몸속에 박인 편안한 습관 때문에 썩을 대로 썩어 있었다. 그의 동료 중 많은 이들은 아내에게 기쁨을 선사하기 위해 끝내 유혹을 이기지 못하고 뇌물을 받곤 했는데, 레오니다스는 이제야 그런 행동을 이해할 수 있을 것 같았다. 그는 서류철 위로 고개를 푹 수그렸다. 그의 마음속에서는 엄격한 수도회에 속한 수도승이었으면 좋겠다는 생각이 불처럼 타올랐다.

레오니다스는 마음을 다잡으며 스스로에게 타일렀다. "피할 수 없는 노릇이야." 그렇게 말하면서 그는 큰 소리로 공허한 한숨을 내쉬었다. 그런 다음 그는 한 장의 종이를 집어 책상 위에 놓은 뒤 빈젠츠 슈피텔베르거 장관에게 제시할 의견서를 작성하기 시작했다. 거기서 그는 의학 분야 원외 교수인 (유대인) 알렉산더 블로흐를 내과 의학 정교수로 그리고 대학병원 원장으로 신규 임용하는 일이 국가 이익을 위해 불가피하다는 그의 주장을 뒷받침할 근거를 나열하고 있었다. 왜 고집을 버릴 생각을 하지 않고 기어이 결정적인 힘 싸움을 야기하려고 하는지, 스스로도 이유를 알 수가 없었다. 겨우 열 줄 정도밖에 쓰지 않았는데도 그는 펜을 내려놓고 벨을 눌러 비서를 불렀다.

"자네 말이야, 내 부탁 하나 들어주게. 히칭 파크 호텔에 전화해서 베라 보름서 양 아니면 베라 보름서 여사에게 내가 네시쯤에 뵈러 가겠다는 말을 전해달라고 말해줬으면 좋겠네……"

마음이 초조할 때면 그는 불분명한 발음에다 낮은 소리로 말하는 버릇이 있었다. 아마 이번에도 그런 모양이었다. 비서가 빈 쪽지 한 장을 레오니다스 앞에 내밀면서 말했다.

"차관님, 그 여자분 성함을 여기에 좀 적어주셨으면 합니다." 레오니다스는 아무 말 없이 비서를 한참 동안 빤히 쳐다보았다. 그런 다음 그는 쓰기 시작한 의견서를 서류 가방에 집어넣고 책상 위에 놓여 있는 물건들을 정돈한 후 자리에서 일어섰다.

"아니, 고맙지만 그럴 필요 없어. 나 지금 나가네."

비서는 장관이 다섯시경에 다시 오기로 되어 있다는 사실을 그에게 상기시켰다. 모자와 외투를 옷걸이에서 집어들고 있던 레오니다스는 비서의 이 말을 전혀 신경 쓰지 않는 것처럼 보였다.

"장관께서 나를 찾으시거든 아무 말도 하지 말게. 그냥 외출했다고만 하게나……"

이렇게 말하고 나서 그는 가벼운 발걸음으로 젊은 비서 곁을 지나 사무실에서 나갔다.

차관인 레오니다스는 평소 여러 생각 끝에 자신의 큰 자가용을 타고 교육부 정문 바로 앞까지 가는 일을 삼가왔다. 그는 근처 헤렌가쎄에서 내려 교육부 안으로 걸어 들어가는 버릇을 들였다. 게다가 그는 늘 자가용을 이용하는 사람도 아니었다. 물론 동료들의 시기심을 부채질하지 않기 위해 그런 것이기도 했지만 그보다 더 큰 이유는 (특히 근무 시간에) 자신이 물질적으로 행복한 처지에 있다는 사실을 보란듯이 드러내고 또 관직에 따르는 엄격한 스파르타적 기율을 남의 눈에 띄도록 넘어서는 행동이야말로 무례한 짓이라고 생각했기 때문이다. 그가 보기에 장관이나 정치가, 배우는 번쩍번쩍 빛나는 리무진 자동차를 타고 거드름을 피워도 상관없었다. 그들은 과대선전이 만들어낸 존재들이었기 때문이다. 그와는 반대로 차관이라는 존재는 (어느 정도의 세련된 외모는 물론 허용된다고 하더라도) 남들 눈에 어딘지 검소하고 옹색하게 보일 의무가 있었다. 일부러 강조된 이런 옹색함은 아마도 인간의 자만심이 가진 여러 형태 중 가장 엄격한 것일지도 모른다. 그는 이미 여러 차례 아멜리로 하여금 그녀가 그 누구의 눈치도 보지 않으면서 신나게 보석과 옷치장에 몰두하는 행동이 차관이라는 남편의 위상에 전혀 어울리지 않는다는 사실을 알게 하려고 애를 썼다. 물론 그녀의 기분을 상하게 하지 않으려고 아주 조심스럽게 말해야 했지만 어쨌든 그것은 사실이었다. 그러나 그의 그런 노력은 매번 아무런 효과도 없는 설교로 끝나고 말았다. 그녀는 그를 놀려낼 뿐이었다. 바로 여기에 레오니다스를 혼란스럽게 하는 삶의 갈등들 중 하나가 들어 있었다…… 그는 전차를 타고 가다가 쇤부른 궁전 근처에서 내렸다.

비는 한 시간 전에 이미 잦아들었다가 지금은 완전히 그쳤지만, 병이 오래 지속되다가 그저 지지부진하게 나아지는 듯한 중간 시기, 앞뒤의 격렬한 발작 사이에 끼어든 통증이 없는 상태의 음울한 틈새 같은 날씨였다. 구름이 잔뜩 낀 날이 흠뻑 젖어 축 처진 채 깃대의 절반 높이에 걸려 있었다. 그리고 이상하게 느려진 일 분 일 분의 시간들이 이렇게 묻고 있는 것 같았다. "그래, 우린 여기까지 왔어. 이제 어쩌겠다는 말이지?" 레오니다스는 자신의 모든 신경 세포 안에서 세상이 오늘 아침부터 견뎌야 했던 결정적인 변화를 느끼고 있었다. 그럼에도 그는 궁전의 높은 담장을 따라 플라타너스가 죽 늘어선 넓은 길을 서둘러 걸어가고 있을 때에야 비로소 이 변화의 근본적인 이유가 무엇인지 분명하게 깨달을 수 있었다. 그의 발밑에서는 빗물을 잔뜩 빨아들인 낙엽의 두꺼운 양탄자가 걸음걸이를 불편하게 하면서 이리저리 흔들리고 있었다. 갑작스럽게 퇴색한 플라타너스 낙엽들이 너무도 불어터져서 발걸음을 디딜 때마다 발밑에서 질척거렸다. 하늘에서 셀 수 없이 많은 두꺼비가 소나기처럼 쏟아진 것이 아닌가 싶을 정도였다. 몇 시간 만에 반 이상의 나뭇잎들이 땅바닥으로 떨어져 있었으며 나머지 잎사귀들은 축 늘어진 채 가지에 걸려 있었다. 4월의 아침처럼 젊으나 젊게 시작된 날이 눈 깜짝할 사이에 너무도 늙은 11월의 저녁처럼 끝나고 있었다.

다음 길모퉁이에 자리 잡은 꽃집에서 레오니다스는 흰색 장미를 살 것인지, 아니면 피처럼 붉은 장미를 살 것인지 얼른 결정을 하지 못한 채 꽃집 주인이 성가실 정도로 한참을 망설였다. 그러다가 그는 마침내 줄기가 긴 옅은 노란색 장미 열여덟 송이를 사기로 결정했다. 그 장미꽃이 풍기는 부드럽고도 약간은 바랜 듯한 향기가 그의 마음을 잡아당겼기 때문이다. 호텔 프런트에 보름서 박사를 만나고 싶다고 말하면서, 그는 무의식적으로 선택했지만 자신의 마음을 폭로하는 듯한 '열여덟'이라는 숫자를 생각하고 깜짝 놀랐다. 십팔 년이라는 세월이 흘러갔다니! 그리고 아득한 옛 시절, 어린 베라에게 가소롭기 짝이 없을 정도로 홀딱 반해 그녀에게 주려고 가져갔다가 결국 용기를 내지 못했던 그 불행한 장미 꽃다발도 머릿속에 떠올랐다. 그러자 그 때의 장미도 옅은 노란색이었고 지금 그가 손에 쥐고 있는 장미처럼 부드럽고 두루뭉실한 향기를 풍기는 장미였다는 느낌까지 들었다. 지상에는 없고 오직 천국에서만 자라는 특별한 포도나무의 꽃처럼 말이다.

"보름서 여사께서 차관님께서 여기서 좀 기다려주시면 좋겠다고 하시는군요." 호텔 직원은 지나치게 공손한 자세로 이렇게 말한 뒤 손님인 레오니다스를 같은 층에 마련된 여러 개의 접견실 중 한 곳으로 안내했다. 어둑어둑한 공간과 거기 들어 있는 가구들이 유난히 신경에 거슬린다고 느낀 레오니다스는 호텔 접견실이 이보다 낫기는 어려울 거라며 마음을 달랬다. 세상 어디에서나 볼 수 있는 이런 접견실의 공공연한 은밀함 가운데에서 일생일대의 연인과 재회한다는 것은 끔찍한 일이다. 차라리 선술집이 더 나았을 것이다. 심지어는 사람들로 붐빌 뿐만 아니라 음악까지 들리는 커피집도 이보다는 더 나을 것이다. 레오니다스는 이런 생각을 하면서 베라가 진정 자기의 일생일대의 연인이었다는 사실을 지금 무턱대고 확신하고 있었다.

그가 앉아 있던 접견실은 온통 무거운 가구들로 꽉 차

있었다. 그것들은 오래전에 사라진, 그저 남한테 보이려고 이런 가구들을 들여놓던 체면 위주의 생활 방식이 남긴 화가 잔뜩 난 성채들처럼 막연한 곳을 향해 우뚝 서 있었다. 가구들은 사회자가 버리고 가버린 경매장의 가구처럼, 우연히 그 앞을 지나가던 사람들이 한두 시간 머물 작정으로 찾아 들어오는 경매장의 풍경처럼 그렇게 서 있었다. 커다란 소파들과 일본식 장롱들, 전등을 든 여인상의 기둥들, 중동 지방에서 쓰는 화로, 조각이 새겨진 나무함들, 여러 개의 의자가 눈에 들어왔다. 벽 쪽으로는 깔끔하게 덮개가 씌워진 그랜드피아노 한 대가 자리를 차지하고 서 있었다. 피아노를 위에서부터 아래까지 덮고 있는 벨벳 덮개는 까만색이었다. 그 때문에 피아노는 죽은 음악이 누워 있는 관처럼 보였다. 게다가 덮개가 바닥으로 떨어지는 일을 막기 위해 청동과 대리석으로 된 온갖 물건이 피아노 위를 꽉 누르고 있었다. 그 물건들 역시 마치 팔려고 내놓은 것처럼 일렬로 가지런히 세워져 있었다. 술에 잔뜩 취한 실레노스*가 명함 접시가 기울어지지 않도록 평형을 유지하려고 애쓰는 모습의 조각과 어떤 실용적인 용도가 있는지 잘 모르겠는 유연한 몸짓의 무희 조각상, 너무도 크고 엄숙한 나머지 평화 협정에 서명할 때 사용될 법한 화려한 잉크병과 펜

---

* 그리스 신화에 나오는 요정.

세트 그리고 그 외의 다른 비슷한 물건들도 역시 피아노 위에 놓여 있었다. 그 물건들은 이미 죽어버린, 아니면 가사 상태에 빠진 음악이 다시 되살아나 피아노 밖으로 빠져나가는 것을 막는 임무를 맡고 있는 듯이 보였다. 레오니다스는 이 피아노의 내부 장치들은 이미 밖으로 꺼내진 지 오래고 그저 겉만 번지르르하여 사람들 눈에 그럴듯해 보이는 모조품에 지나지 않는 게 아닌가 하는 의심이 들었다. 왜냐하면 이 피아노가 정말 살아 있는 악기라면 호텔 경영자가 매일 오후에 열리는 댄스파티에 이 악기를 사용했을 터이기 때문이다. 지금도 방 바깥에서는 댄스파티를 준비하는 소리가 들리고 있었다. 이 방에서 유일하게 살아 있는 것은 카드놀이 할 때 쓰는 두 개의 탁자뿐이었다. 탁자는 뚜껑이 열려 있었고 브리지 카드가 그 위에 널려 있었다. 그것은 카드놀이를 하는 사람의, 조금은 산만하면서도 아무 걱정 없는 편안한 마음 상태를 상기시키는 모습이었다. 레오니다스는 부러운 눈길로 자꾸만 그 탁자들을 쳐다보았다. 말할 것도 없이 그는 브리지 카드놀이의 고수였다.

그는 방안을 끊임없이 왔다 갔다 했다. 그러면서 가구와 탁자의 모서리 사이로 요령 있게 몸을 움직였다. 그는 얇고 투명한 종이에 싸인 장미꽃 다발을 여전히 손에 들고 있었다. 예민한 꽃들이 자신의 체온 아래에서 시들기 시작한다는 것을 느꼈음에도 그는 꽃다발을 어디에 내려놓아야 좋을지 마음을 정할 수가 없었다. 꽃들이 가진 희미한 향기가 그와 함께하면서 마음을 위로해주었다. 규칙적인 리듬으로 방안을 거닐면서 그는 심장이 뛰는 걸 확연히 느꼈다. 언제 이렇게 심장이 뛰었는지 까마득하군. 기다리는 일이 이렇게 나를 흥분시키다니. 그는 자신의 머릿속이 텅 비었다는 것도 깨달았다. 기다리는 일이 내 존재를 가득 채워서 그럴 테지. 어떤 식으로 말을 꺼내게 될지 모르겠다. 베라를 어떻게 불러야 할지조차 모르겠어. 그리고 그가 맨 마지막으로 깨달은 사실은 이것이었다. 베라가 날 아주 오래 기다리게 하는구나. 그 어떤 장관도 날 이렇게 오래 기다리게 하지 않는데 말이야. 적어도 이십 분 넘게 나는 너무도 기분 나쁜 이 방에서 이리저리 배회하고 있거든. 그렇지만 나는 어떤 일이 있어도 시계를 보지 않을 테다. 그래야 내가 얼마나 오래 기다리고 있는지 모르고 지날 테니까. 나를 얼마나 오래 기다리게 하는 게 마땅한지 베라는 알고 있을 것이고, 그만큼 나를 기다리게 하는 것은 그녀의 당연한 권리지. 그건 정말 미약하기 짝이 없는 벌에 지나지 않아. 그녀가 하이델베르크에서 얼마나 오랜 세월 나를 기다렸는지, 상상해서는 안 돼. 일 주일, 이 주일, 한 달, 두 달 그리고 한 해, 두 해…… 그는 걸음을 멈추지 않고 계속 방안을 배회했다. 바깥 홀에서 댄스 음악이 쿵쿵거리기 시작했다. 레오니다스는 깜짝 놀랐다. 금상첨화로구나! 그녀가 아예 오지 않는다면 그게 가장 좋겠지. 여기서 한 시간 아니 두 시간도 좋으니 조용히 기다리다가 단 한마디 말도 하지 않고 가는 거다. 그러면 나는 내 할 바를 다 한 게 되니 더 이상 자책할 필요가 없을 것이다. 안 오면 더 이상 바랄 게 없겠다. 나와 재회하는 게 그녀에게도 보통 괴로운 일이 아닐 테니 말이다. 무슨 시험 보기 직전 아니면 수술 받기 직전의 마음 같구나…… 자, 이제 분명 삼십 분이 지났을 것이다. 날 만나지 않으려고 호텔을 떠나버린 게 분명해. 그래도 난 한 시간은 채워야지. 재즈 음악이 생각만큼 나쁘진 않구나. 저 음악 덕분에 시간이 더 빨리 가는 것 같으니 말이다. 바깥도 점점 더 어두워지는군.

세번째 댄스 음악이 울리고 있을 때였다. 작고 우아한 여자가 느닷없이 방에 들어와 서 있었다.

"사정이 있어 조금 기다리시게 했군요." 베라 보름서는 왜 늦었는지 사과의 말도 없이 이렇게 말했다. 그러고 나서 그에게 손을 내밀었다. 레오니다스는 까만색 장갑 안의 그녀의 부서질 듯 가냘픈 손에 입을 맞추었다. 그리고 특유의 신바람과 냉소가 섞인 표정을 짓고 나서 발뒤꿈치를 들고 몸을 움직이기 시작했다.

"무슨 말씀을……" 그가 콧소리로 말했다. "정말 괜찮습니다…… 오늘 제가 특별히……" 그런 다음 그는 망설이며 덧붙였다. "여사님……"

그렇게 말하면서 그는 그녀에게 장미꽃 다발을 종이에서 꺼내지도 않은 채 그냥 건네주었다. 그녀는 아주 느긋한 손놀림으로, 그러나 주의를 집중해서 포장을 풀고 꽃들을 꺼냈다. 그런 다음 그녀는 낯설고 조잡한 방을 둘러보며 꽃을 담을 그릇을 찾았다. 그녀는 곧장 꽃병 하나를 발견했다. 카드놀이용 탁자 위에는 물이 담긴 항아리가 놓여 있었다. 그녀는 조심스럽게 꽃병에 물을 담고 장미꽃을 한 송이씩 차례차례 그 안에 꽂았다. 노란색이 어둑어둑한 빛 한가운데에서 타올랐다. 여자는 아무 말도 하지 않았다. 이 사소한 일이 그녀를 가득 채우고 있는 듯이 보였다. 그녀의 움직임은 내면으로부터 흘러나온 집중된 것이었다. 눈이 근시인 사람이 으레 그렇듯이 말이다. 그녀는 부드러운 장미가 담긴 꽃병을 소파가 놓인 창가로 가져간 후 소파 앞의 작고 둥근 탁자 위에 올려놓았다. 그러고 나서 창을 등진 채 소파의 한쪽 구석에 자리를 잡고 앉았다. 그러자 방이 완전히 바뀌었다. 레오니다스 역시 소파에 앉았다. 그러나 그는 그러기 전에 상당히 무의미한 행동을 했다. 학생 클럽에 속한 대학생들이 그러는 것처럼 몸을 깍듯이 굽힌 채 앉

아도 되는지 먼저 허락을 구했던 것이다. 늦은 오후의 희끄
무레한 안개빛이 안타깝게도 그의 눈을 부시게 했다.

"여사께서 저를 만나보고 싶다고 하셨지요……" 그는
자기 스스로도 역겹게 여겨지는 어조로 말을 꺼냈다. "오
늘 아침에야 편지를 받고 얼른…… 얼른…… 물론 여사께
서 원하시는 대로 해드릴 생각입니다……"

소파 구석에서 대답이 나올 때까지는 한참이 걸렸다. 그
녀의 목소리는 어린아이의 목소리처럼 여전히 맑았으며 상
대방을 거부하는 듯한 어조 역시 옛날과 다름이 없는 것 같
았다.

"차관님께서 이렇게 직접 애를 쓰지 않으셔도 되는데
요." 베라 보름서가 이렇게 말했다. "전혀 기대하지 않
고 있었습니다…… 전화만 걸어주셨어도 충분했을 거예
요……"

레오니다스는 한편으로는 안타까워하고, 다른 한편으로
는 몹시 놀라는 듯한 손짓을 했다. 그러는 그의 손짓은 보
름서 여사를 위해서라면 교육부 건물이 있는 미노리텐 광
장에서 히칭의 이 파크호텔에 이르는 길보다 훨씬 더 먼 길
도 걸어올 용의가 있다고 말하고 싶은 것 같았다. 그가 그
런 손놀림을 하고 있던 바로 그때, 아직까지 아무런 활기도
없던 두 사람의 대화는 중요한 순간에 도달했으며 베라의

얼굴 역시 첫번째 단계에 도달했다. 하지만 베라의 얼굴은 다음과 같이 변화하고 있었다. 레오니다스는 수년 전부터 이미 연인의 얼굴을 제대로 기억하지 못하고 있었다. 게다가 두 사람이 만나게 된 지금 아주 심한 난시인 그의 눈 역시 방안이 어둑어둑한 탓에, 그리고 무엇보다도 흥분해 있었기 때문에 베라의 얼굴을 그저 희미하게만 포착하고 있었다. 그러니까 이제까지 베라에게는 얼굴이 없었고 오직 회색의 여행용 정장을 입은 우아한 자태만 있었던 셈이다. 보라색 비단 블라우스와 황갈색 호박 목걸이가 정장 사이에서 불분명하게 드러나고 있었다. 이 자태가 아무리 소녀같긴 해도 말 그대로 '소녀처럼' 보였을 뿐, 나이를 잘 가늠하기 어려운 가냘픈 사람에게 속한 것이었다. 그 자태만을 보았더라면 레오니다스는 하이델베르크의 연인을 못 알아보았을 것이다. 베라의 얼굴은 이제야 비로소 텅 비어 있던 밝은 표면을 뚫고 들어오기 시작했다. 그것도 아주 멀리서 말이다. 누군가가 멀리 떨어져 있는 목표물을 더 잘 보려고 쌍안경의 나사를 서툰 손놀림으로 이리저리 돌리는 것 같았다. 대강 그런 이치였다. 맨 먼저 머리카락이 아직까지도 흐릿하기만 한 렌즈 안으로 들어왔다. 그녀의 머리카락은 어두운 밤처럼 까맣고 웨이브가 전혀 없었으며 한가운데 가리마가 나 있었다. (찬찬히 쳐다보면 까만 머리카락들 사이사이에 뭔가가 끼어 있는 게 보이는데, 그건 흰머리 가닥인가?) 그다음으로는 수레국화색처럼 깊은 푸른빛을 띤 두 눈이 나타났다. 예전처럼 긴 속눈썹이 두 눈에 그림자를 드리웠다. 그녀의 두 눈은 진지하게, 캐묻는 듯 의혹으로 가득 차 레오니다스를 쳐다보고 있었다. 상당히 큰 그녀의 입은 오랜 세월 동안 전문직에 종사한 여자들, 사고가 잘 훈련되어 부차적인 상상 때문에 혼란에 빠지는 일이 드문 여자에게서 흔히 볼 수 있는 엄격한 기색을 띠고 있었다. 여차하면 뾰로통하게 입술을 잔뜩 앞으로 내밀고 있는 아멜리와는 정반대였다. 레오니다스는 문득 베라가 그를 위해 일부러 화장을 하지 않았다는 사실을 깨달았다. 그를 기다리게 한 그 시간을 그녀는 얼굴을 '매만지고 꾸미는 데' 쓰지 않은 것이다. 그녀의 두 눈썹은 뽑은 흔적이 없었으며 일부러 그리지도 않은 것이 분명했다. (아, 아멜리!) 그녀의 눈꺼풀에는 파란색 아이섀도가 칠해져 있지 않았으며 뺨도 화장이 되어 있지 않았다. 오직 그녀의 입술에만 립스틱이 약간 스쳐 지나가지 않았나 생각되었다. 그가 그녀를 기다리던 그 시간에 그녀는 도대체 무엇을 하고 있었을까? 십중팔구 창밖을 뚫어져라 쳐다보고 있었겠지. 그는 이렇게 생각했다.

베라의 얼굴이 이제 완전히 그의 눈에 들어왔다. 그럼에도 레오니다스는 그의 기억 속에 나타나기를 거부했던 그 얼굴을 알아볼 수가 없었다. 지금 그의 눈앞에 있는 얼굴은 오직 이미 상실되어버린 얼굴을 대강 복제한 것, 원래의 얼굴을 다른 현실의 외국어로 번역해놓은 것만 같았다. 베라는 침착하고 고집스럽게 침묵을 지키고 있었다.

그러나 침착함을 전혀 유지할 수 없던 그는 이른바 '회화(會話)'를 계속하면서 평소 자기가 '상황에 적절한 어조'라고 부르는 것을 찾으려고 무진 애를 썼다. 그러나 그는 그 어조를 찾아낼 수가 없었다. 도대체 어떤 어조가 이런 만남에 적절할 수 있을 것인가? 그는 자기가 다시금 콧소리로 말하고 있다는 것, 그리고 아무리 곤혹스러운 상황도 태연자약하게 대처할 줄 안다는 점을 어떻게든 보여주려고 하는, 이른바 잘난 남자들의 흉내를 내고 있다는 사실을 확인하고 스스로 끔찍스러운 마음이 들었다.

"여사께서는 빈에 오래 머물 계획을 하고 계신지요. 그러시길 바랍니다……"

그가 이 말을 마치자 베라는 그를 지금까지보다 더 이상하게 여기는 눈빛으로 쳐다보았다. 어쩌다가 한때 나처럼 천박한 놈한테 빠져들었는지 도무지 이해할 수 없다고 생각하고 있을 거야. 이 여자가 있는 곳에서는 처음부터 늘 나의 약점이 분명하게 드러나곤 했지. 그는 바늘방석에 앉은 듯 마음이 불편하여 손이 다 차가워졌다.

"모든 일을 다 처리할 때까지 이삼일 정도만 이곳에 머물 생각이에요……"

"아, 그렇습니까?" 거의 깜짝 놀라는 투로 그가 말했다. "그런 다음 여사께서는 다시 독일로 돌아가실 생각이시군요?" 이렇게 묻는 자신의 말투에 얼마간의 안도감이 여운으로 남는 것을 막을 수가 없었다. 이제 그는 상아로 깎은 듯한 그녀의 맑은 이마에 반듯한 주름이 가득 져 있는 것을 처음으로 발견했다.

"아녜요, 차관님, 정반대예요!" 그녀가 대꾸했다. "독일로 돌아가지 않습니다……"

그의 내부에 든 무언가가 이제 그녀의 목소리를 알아보았다. 그것은 아버지와 오빠 그리고 가정교사 레오니다스와 함께 점심을 먹고 있을 때 열다섯 살 소녀인 그녀가 가지고 있던, 남을 비웃는 듯 가차 없던 바로 그 목소리였다. 그는 도저히 용서받지 못할 실수를 하기라도 했다는 듯 사과를 청하는 제스처를 쓰며 말했다.

"아이고, 여사님, 죄송합니다. 무슨 말씀인지 알겠습니다. 요즘 독일에서 살기가 편안하지는 않지요."

"왜요? 대부분의 독일 사람들한테는 아주 편안해요." 그녀는 차가운 어조로 그렇게 말했다. "우리 같은 사람들한테만 편안하지 않은 거죠."

레오니다스는 애국심을 발휘하여 말했다.

"그렇다면 여사께서는 옛 고향으로 이사 올 생각을 한번 해보시지요. 이곳에서는 여러 가지 새로운 움직임들이 일어나고 있는 중이거든요."

베라는 레오니다스와 다른 의견을 가지고 있는 듯이 보였다. 그녀는 그의 그런 제안을 받아들이지 않았다.

"아녜요, 차관님. 여기 온 지 얼마 되지 않아서 이렇다 하게 판단을 내리고 싶지 않습니다만, 우리 같은 사람도 이제는 드디어 자유롭고 깨끗한 공기를 들이마시고 싶어서 요……."

아, 이 사람들의 고질인 교만함이 도지고 있군. 사람을 분노하게 하는 이 오만불손함! 이 민족 사람들은 지하실에 가둬놓아도 마치 칠층 건물 꼭대기에 앉아 우리를 내려다보고 있다는 듯이 군단 말이야. 이런 작자들을 가장 잘 다룰 줄 아는 사람이 누구겠어? 토론 같은 것은 아예 제쳐놓고 그냥 몽둥이로 사정없이 두들겨 패는 야만인 중에서도 가장 지독한 야만인만이 이런 작자들을 제대로 다룰 수 있는 거라구. 오늘 중 슈피텔베르거 장관을 찾아가서 유대인 알렉산더 블로흐를 임용하자는 내 제안을 취소해야겠군. 자유롭고 깨끗한 공기라고? 이 여자는 정말 배은망덕하기

짝이 없구만그래. 레오니다스는 그의 마음속에서 고개를
드는 이런 비난과 분노의 느낌이 기분 좋게 여겨졌다. 그
느낌이 그의 마음의 짐을 약간은 덜어주었기 때문이다. 그
러나 그와 동시에 소파 구석에 앉아 있는 여자의 얼굴은 새
로운 단계에, 더 자세히 말해서 최종적인 단계에 다다랐다.
그녀의 얼굴은 이제 더 이상 복제도 번역도 아니었고 원본
그 자체였다. 세월이 흐르면서 조금은 더 날카로워졌고 더
어두워졌지만 말이다. 그렇다, 그녀의 얼굴은 아직까지도
순수함과 이국적인 자태가 지닌 예전의 그 자극적인 빛을
간직하고 있었다. 먼 옛날 가난한 가정교사였던 그를, 나중
에 다른 여자의 남편이 된 그를 미치게 만든 바로 그 빛 말
이다. 순수함? 그녀의 하얀 이마 뒤쪽에 들어 있는 생각들
중 그녀의 전 존재와 일치하지 않는 생각은 단 한 가지도
없었다. 레오니다스는 그것을 느낄 수 있었다. 옛날과 다른
점은 단 한 가지, 그녀의 이 순수함이 이제 더 가혹하게 그
리고 그 어떤 소망도 없이 겉으로 드러나고 있다는 점이었
다. 이국적인 자태? 누가 과연 이것을 표현해낼 수 있을 것
인가? 그녀의 이국적인 자태는 더 이국적이 되어 있었다.
예전보다 덜 사랑스러웠지만 말이다. 밖에서는 댄스 음악
이 다시 큰 소리로 울려 퍼졌다. 레오니다스는 목소리를 높
여야 했다. 어떤 이상스러운 강박감이 그의 입에서 나오는

단어와 말투를 변화시켰다. 그의 말투는 건조하고 지나칠 정도로 정중하게 들렸다. 레오니다스 자신도 그 말투를 어쩌지 못해 몹시 화가 났다.

"그럼 여사께서는 거주지를 어디로 옮기실 작정이신가요?"

베라 보름서는 대답을 하면서 깊은 안도의 숨을 내쉬는 것 같았다.

"모레 파리에 가 있게 될 거예요. 그리고 금요일에 제가 탈 배가 르 아브르에서 떠납니다……"

"그러니까 여사께서는 뉴욕으로 가시는군요." 레오니다스는 물음표 없이 그렇게 말하고 수긍한다는 뜻으로, 아니 더 나아가 칭찬한다는 뜻으로 고개를 끄덕였다. 그녀는 오늘 레오니다스의 의견에 반대할 기회가 물릴 정도로 많다는 사실이 즐겁기라도 하다는 듯 희미한 미소를 지었다. 지금까지 그녀는 레오니다스의 말에 대꾸할 때 거의 매번 "아녜요"라는 말로 시작해야 했기 때문이다.

"아, 아녜요! 뉴욕이라니요! 당치 않아요. 그렇게 간단한 일이 아닙니다. 뉴욕으로 갈 욕심은 전혀 없어요. 저는 몬테비데오로 갑니다."

"몬테비데오라." 레오니다스는 바보 같은 말투로 그렇게 말하면서 표정이 확 밝아졌다. "끔찍하게 먼 곳이로군요……"

"어디에서 볼 때 먼 곳이라는 말씀이죠?" 베라가 차분하게 물었다. 이 물음으로 그녀는 지리학적인 중심을 잃어버린 망명자들이 던지는 슬픔에 가득 찬 수수께끼를 인용하고 있었다.

"저는 빈의 터줏대감이나 마찬가지인 사람입니다." 레오니다스는 이렇게 털어놓았다. "아니, 빈이 아니라 여기 히칭의 터줏대감이지요. 아마 빈의 다른 구역으로 이사하는 데만도 큰 결심이 필요할 거예요. 과연 적도 아래 저 남쪽에서 살 수 있을지 모르겠습니다. 벌새와 야생 난이 아무리 아름다워도 저는 아마 몹시 불행할 겁니다."

어둑어둑한 빛 속에 잠겨 있던 베라의 얼굴이 조금 더 진지해졌다.

"몬테비데오에서 교수 자리를 얻게 되어 얼마나 좋은지 모릅니다. 그곳의 큰 대학에서 일하게 되었어요. 많은 사람이 저를 부러워합니다. 우리 같은 사람들은 어디 피신할 곳을 찾고 게다가 일자리까지 얻게 되면 정말 만족해야 해요. 하지만 차관님께서는 이런 일들에 전혀 흥미가 없으시지요……"

"흥미가 없다니요." 그가 깜짝 놀라 그녀의 말을 중단시켰다. "이 세상에 이보다 더 흥미 있는 일이 저한테는 없습니다." 그는 낮은 목소리로 자신의 말을 맺었다. "제가 여사에 대해 얼마나 감탄하고 또 여사를 얼마나 존경하는지, 뭐라고 표현할 길이 없군요……"

이건 거짓말이 아냐. 난 정말 이 여자를 존경해. 삶을 헤쳐나가는 굉장한 용기를 가지고 있고 이 민족 특유의 그 징그러운 특성을 갖추고 있거든. 어디에도 얽매이지 않는 성격 말이다. 그녀와 함께 살았더라면 나는 어떤 사람이 되었을까? 어쩌면 정말로 괜찮은 사람이 되었을지도 모르지. 어쨌든 정년퇴직을 코앞에 둔 차관 같은 존재와는 완전히 다른 사람이 되었을 거야. 그렇지만 우리 둘은 한 시간도 서로 사이좋게 지내지 못했을 거야. 그의 당혹감은 점점 더 커졌다. 둘이 앉아 있는 방에 갑자기 환한 빛의 다른 방 하나가 뚫고 들어왔다. 십팔 년 전 라인 강가의 빙엔에서 두 사람이 함께 거처하던 방이었다. 모든 가구와 물건들이 다 제자리에 있구나. 이런! 타일로 만든 구식 난로까지 선명하게 눈에 들어오네…… 그의 기억의 눈에 끼어 있던 비늘이 이제 완전히 떨어져 나간 느낌이었다.

"존경할 게 뭐가 있다는 거예요?" 베라가 화를 내며 물었다.

"태어나 평생을 보낸 여기 이 구세계에 모든 것을 다 두고 가시는 거잖습니까……"

"두고 가는 거 아무것도 없어요." 그녀가 아무런 감정도 들어 있지 않은 건조한 말투로 대꾸했다. "난 혼자예요. 다행히 결혼을 하지 않았으니까요……"

이건 레오니다스가 저지른 죄의 무게를 더 무겁게 하는 말인가? 아니다! 레오니다스에게는 "결혼을 하지 않았다"는 그녀의 이 말이 온몸의 핏속에서 따끔거리며 그를 무척이나 기분 좋게 만들어주는 자그마한 승리로 느껴졌다. 그는 몸을 쫙 펴고 소파에 등을 대었다. 격식을 차린 회화 같은 건 이제 더 이상 해서는 안 될 것 같았다. 그는 적당한 말을 찾는 듯 약간 더듬거리며 말했다.

"돌봐야 할 청년이 있다고 생각했는데…… 어쨌든 보내신 편지를 읽고 그렇게 이해했습니다만……"

갑자기 베라 보름서의 얼굴에 생기가 확 돌았다. 그녀는 자세를 고쳐 앉았다. 그리고 그가 앉은 쪽으로 몸을 굽혔다. 그녀의 목소리가 얼굴 붉어지듯 붉어지는 것 같다는 느낌이 들었다.

"차관님, 이 일을 처리하는 데 차관님께서 저를 도와주실 수 있다면……"

레오니다스는 상당히 오랫동안 침묵을 지켰다. 그런 다음 그의 입에서는 스스로 전혀 의식하지 못했는데도 온화한 저음의 목소리가 튀어나왔다.

"베라, 그게 무슨 말이오. 당연히 도와드리지요……"

"당연한 건 이 세상에 단 한 가지도 없어요." 그녀는 그렇게 말하고 나서 장갑을 벗기 시작했다. 그건 자기 쪽에서도 상대방을 향해 부드럽게 한 걸음 더 가까이 다가오고 싶다는 뜻을 보이는 행동과도 같았으며 그렇게 할 필요는 없지만 그래도 하겠다는, 자기 자신을 약간 더 드러내 보임으로써 자신의 실재를 드러내겠다는 선의의 노력처럼 보였다. 장갑을 벗자 너무도 가냘픈 그녀의 작은 손이 레오니다스의 눈에 들어왔다. 아득한 옛 시절, 서로 손에 손을 잡고 걸어 다닐 때 그의 손에 들어와 있던, 그를 깊이 신뢰하던 손이었다. 살갗은 약간 누런빛을 띠고 있었고 혈관이 두드러져 있었다. 그러나 어느 손가락에도 반지가 끼어 있지 않았다. 레오니다스의 목소리가 떨렸다.

"베라, 내가 당신의 소원을 들어주는 건 백번 당연한 일이지요. 그 젊은이가 이곳 빈에서 가장 좋은 고등학교에 들어갈 수 있도록 주선하겠어요. 당신이 원한다면 쇼텐 김나지움에 들여보내겠소. 학기가 시작된 지 얼마 안 되었어요. 이틀 후면 졸업반에 들어갈 수 있을 겁니다. 내 힘이 닿는 대로 그 아이를 돌봐주고 또 아이와 관련된 일을 처리해주겠소……"

그녀의 얼굴이 레오니다스 쪽으로 더 가까이 다가왔다.

눈은 반짝반짝 빛나고 있었다.

"정말 그렇게 해주시겠어요? 그래 주신다면 유럽을 떠나는 제 마음이 훨씬 더 가볍겠군요……"

평소 그토록 잘 정돈되어 있던 그의 얼굴은 이제 완전히 흐트러져 있었다. 그의 눈은 애걸하는 개의 눈으로 변하고 말았다.

"베라, 왜 나를 이토록 부끄럽게 만드는 거요? 내 마음이 지금 어떤 상태인지 짐작이 안 갑니까?"

그는 자기 손을 탁자 위에 놓여 있던 그녀의 손 쪽으로 밀었지만 감히 그 손을 잡을 엄두를 내지 못했다.

"그 아이를 언제 나한테 보낼 생각이오? 그 아이 이야기를 좀 해봐요! 이름이 뭔가요?"

베라가 눈을 크게 뜨고 그를 쳐다보았다.

"엠마누엘이에요." 그녀가 망설이듯 말했다.

"엠마누엘? 엠마누엘? 돌아가신 아버님 이름이 엠마누엘 아니었습니까? 좋은 이름이군요. 진부하지도 않고. 내일 오전 열시 반에 엠마누엘을 기다리고 있겠습니다. 물론 교육부의 내 사무실에서요. 아무 마찰 없이 해결되지는 않을 겁니다. 심지어는 아주 심각한 마찰이 일어날 수도 있을 거예요. 베라, 그렇지만 나는 그런 마찰을 무릅쓸 각오가 되어 있습니다. 나는 내 인생을 완전히 변화시킬 가장 중요한 결단을 내릴 각오가 되어 있어요……"

그녀는 갑자기 냉정해지고 또 처음처럼 다시 거리를 두려고 하는 것 같았다.

"그래요, 알고 있어요. 빈에서는 요즘 차관님만큼이나 높은 자리에 앉아 있는 사람이라도 유대인을 옹호할 경우 많은 어려움을 겪는다고 들었거든요……"

그는 그녀의 말을 제대로 귀담아듣지 않으면서 열 손가락이 아플 정도로 두 손을 꼭 깍지 끼고 있었다.

"그런 어려움들은 생각하지 말아요! 내 맹세를 믿을 이유가 당신한테는 도무지 없겠지요. 그래도 당신한테 맹세합니다. 이 일이 잘 처리될 거라고요……"

"차관님, 그건 전적으로 차관님의 손에 달린 일이잖아요."

레오니다스는 비밀을 알아내고 싶다는 듯이 목소리를 낮추었다.

"베라, 엠마누엘에 대한 이야기를 좀 해주시오. 어서요. 수재라고 했지요? 물론 당연히 수재겠지요. 어떤 분야에서 특별한 재능을 보이는가요?"

"아마 자연과학 분야일 거예요."

"하긴 물어볼 필요도 없는 일이지요. 당신 아버님께서 아주 유능한 자연과학자셨으니까요. 그런 것 말고 엠마누엘은 어떤 아이입니까? 모습 말이에요. 어떻게 생겼어요?"

보름서 양은 약간은 쌀쌀맞게 대답했다. "차관님께서 걱정하실지 모르겠지만 그 아이는 선처해주셨다는 이유로 차관님께서 손가락질을 받을 일은 없게, 그렇게 생겼어요."

레오니다스는 전혀 이해하지 못하겠다는 눈으로 그녀를 쳐다보았다. 그는 주먹을 명치에 갖다 댔다. 그렇게 하면 흥분을 제어할 수 있다는 듯이 말이다.

"베라, 난 그 아이가 당신을 닮았기를 바라요!" 그가 격렬한 감정을 억누르며 말했다.

그녀는 레오니다스가 무슨 뜻으로 이런 말을 하는지 슬슬 이해가 되는 모양이었다. 그녀의 두 눈에 재미있어 하는 기색이 가득 찼다. 그녀는 불확실한 상태를 좀더 연장시켰다.

"엠마누엘이 왜 저를 닮아야 한다는 거예요?"

레오니다스는 마음이 너무도 떨려 왔기 때문에 낮은 소리로 속삭였다.

"난 그 아이가 당신을 빼다박듯 닮았을 거라고 처음부터 꼭 믿고 있었어요……"

둘 사이의 오랜 침묵을 남김없이 즐기고 난 후 베라가 마침내 말했다.

"엠마누엘은 저랑 가장 친한 친구의 아들이에요."

"가장 친한 친구의 아들……" 레오니다스는 무슨 말인

지 이해하기도 전에 이렇게 더듬거리며 말했다. 바깥에서는 건들거리는 룸바 음악이 큰 소리로 울려 퍼졌다. 베라의 얼굴에는 사람의 마음을 깜짝 놀라게 하는 가혹한 표정이 번지고 있었다.

"제 친구는……" 그녀는 이렇게 말을 꺼냈는데, 침착함을 유지하려고 몹시 자제하는 기색이 역력했다. "저랑 가장 친했던 그 친구는 한 달 전에 죽었어요. 가장 우수한 물리학자 중의 한 사람이었던 그녀의 남편이 죽고 나서 9주 후에 말예요. 친구 남편은 혹독한 고문을 받다가 결국 죽었어요. 엠마누엘은 두 사람의 외아들이구요. 저한테 맡기고 떠났습니다."

"정말 끔찍한 일이군요, 정말 끔찍스러워요." 레오니다스가 잠깐 동안의 침묵을 깨고 말했다. 그러나 그는 끔찍하다는 느낌이 조금도 들지 않았다. 그보다도 그의 전 존재는 놀라움과 깨달음 그리고 마지막으로 이루 형용할 수 없는 안심으로 가득 찼다. 아, 나와 베라 사이에 아이가 있는 게 아니구나. 아멜리와 하느님 앞에서 변명해야 할 열일곱 살 된 아들이 나한테는 없다, 이 말이야. 자비로운 하느님, 감사합니다! 만사는 예전 그대로 변함없이 계속되는 거다. 오늘 내가 가졌던 두려움과 고통은 다 환상에 지나지 않았어. 내가 속였던 애인을 십팔 년 만에 다시 만난 것뿐이야.

그 외의 다른 일이 아니라고! 물론 조금 성가시고 또 조금 서글픈 일이긴 하지. 하지만, 존경하는 여러 재판관님, 결코 씻을 수 없는 죄를 거듭먹거리는 건 좀 지나치지 않습니까? 남자끼리 하는 말이지만, 저는 돈 후안이 아닙니다. 저는 흠잡을 데가 별로 많지 않은 제 인생에서 베라와의 일과 비슷한 일을 단 한 번도 더 저지르지 않았습니다. 누가 과연 맨 먼저 저에게 돌을 던지겠습니까? 현대적이고 자립적이며 자유에 대한 관념이 철저한 여자, 능동적인 삶 한가운데 서서 십팔 년 전 제가 자기를 데리러 오지 않았다는 사실을 몹시 기뻐하는 여자인 베라 자신도 저에게 돌을 던질 생각을 더 이상 하지 않습니다……

"별의별 일이 다 일어나는군요. 정말 끔찍합니다." 그가 다시 한 번 말했다. 그러나 그의 말은 거의 환호처럼 들렸다. 그는 벌떡 일어나서 베라의 손 위에 허리를 굽히고 뜨거운 입술로 그녀의 손에 한참 동안 키스를 했다. 그는 갑자기 말솜씨가 훌륭한 사람이 되어 떠들기 시작했다.

"베라, 당신에게 이렇게 엄숙하게 서약합니다. 불쌍한 당신 친구의 아들을 저는 당신의 아들처럼, 내 아들처럼 생각하겠습니다. 고맙다고 말하지 말아요. 내가 당신한테 고맙다고 해야 합니다. 당신은 내게 정말 너무나 큰 선물을 하는 겁니다."

베라는 그에게 고맙다는 말을 하지 않았다. 그녀는 단 한마디의 말도 하지 않았다. 그녀는 두 사람의 대화가 절대 넘어서는 안 될 경계선을 넘어가는 일을 막고 싶다는 듯이 작별하는 자세로 서 있었다. 가구로 가득 찬 방은 그새 상당히 어두워져 있었다. 유령 같은 모습을 한 가구들은 일정한 형태를 잃어버린 덩어리가 되어 있었다. 비가 오는 날씨 때문에 어둑어둑했던 10월의 하루에 이제 저녁나절의 진짜 어둠이 찾아들고 있었다. 오직 장미꽃만이 아직 변함없는 빛으로 빛나고 있었다. 레오니다스는 지금 곧장 이 자리를 뜨는 것이 상책이라는 느낌이 들었다. 나올 이야기는 다 나온 상태였다. 여기서 한 발자국 더 나아간다면 그는 베라 앞에서 도덕적으로 발을 헛디딜 위험에 빠질 것이 뻔했다. 베라의 뻣뻣하고 낯선 태도는 사소한 감상에 젖은 말조차 금지시키고 있었다. 가장 간단하고 때를 구별할 줄 아는 '예절'은 한시도 망설이지 않고 이 자리를 벗어나면서 의미심장한 말 따위는 한마디도 하지 않고 작별을 고할 것을 요구했다. 이 여자가 레오니다스와의 연애 사건을 자신의 생애에서 남김없이 지워버린 지금 그 스스로 당시의 이야기를 다시 들출 이유가 없지 않은가? 정반대로 그토록 두려워하던 이 만남의 시간이 큰 탈없이 지나간 것을 기뻐하면서 서둘러 이 만남을 품위 있게 마무리 짓는 것이 바람직

할 터였다. 그러나 레오니다스는 그렇게 해야 한다고 스스로 다그치면서도 그러질 못했다. 너무도 흥분해 있었던 탓이었다. 인생의 모든 갈등으로부터 해방되었다는 행복감이 그의 온몸을 가득 채웠다. 그건 병에서 회복되었거나 갑자기 젊어졌을 때 얻는 행복감 같은 것이었다. 이제 그의 눈에 들어온 존재는 그의 양심의 가책의 원인이었던 작고 가냘픈 여자, 과거의 죄를 돌이켜 눈앞에 들이민 여자가 아니라 그가 더 이상 무서워하지 않는 지금 현재의 베라였다. 자신의 인생을 바꿔야 한다는 압박이 사라지자 오늘 아침 그가 잃어버렸던 여유만만한 우월감이 그의 신경세포 안으로 되돌아왔다. 그리고 그런 우월감과 함께 그가 짊어지고 있던 양심의 가책으로부터 영원히 사라지기 위해 유령처럼 나타난 여자, 진지하고 고귀하며 그 어떤 사소한 요구마저도 내걸지 않는 이 여자에 대한 일시적이지만 미칠 듯한 애정이 그의 마음속에서 솟아올랐다. 그는 무게라고는 전혀 느낄 수 없는 그녀의 두 손을 붙잡아 자기 가슴께에 갖다 대고 눌렀다. 그러면서 그는 십팔 년 전 그가 그토록 비열한 방법으로 중단시켰던 베라와의 시간을 지금 이 자리에서 다시 시작하고 있다는 느낌이 들었다.

"베라, 내가 가장 사랑하는 베라." 그가 신음하듯 말했다. "당신 앞에서 정말 얼굴을 들지 못하겠소. 지금 나의 마음을 표현할 수 있는 단어는 그 어디에도 없어요. 날 용서했소? 용서할 수 있었소? 용서할 수 있겠소?"

베라는 거의 눈에 띄지 않을 정도로 고개를 살짝 돌린 채 옆쪽을 바라보고 있었다. 사람을 거부하는 듯 고개를 약간 돌린 이 몸짓은 그의 영혼 가운데에서 여전히 살아 있었다. 정말 신기한 노릇이었다. 잃어버린 건 단 한 가지도 없으니 말이다. 모든 것이 신비로운 동시성 안에서 진행되었다. 그녀의 옆얼굴은 그에게 하나의 계시와도 같았다. 보름서 박사의 딸, 하이델베르크에서 다시 만난 처녀, 바로 그녀가 지금 그 앞에 서 있다니! 기억에서 더 이상 지워지지 않고 말이다. 그리고 그녀의 흰머리와 단념의 뜻을 담고 있는 입매, 이마의 주름살―이 모든 것들이 그의 일시적인 황홀감을 달콤하고도 씁쓸하게 더해주었다.

"용서라는 말……" 베라가 그의 물음을 실마리로 삼아 다시 입을 열었다. "그건 상투적인 빈말에 지나지 않아요. 난 그 말을 싫어해요. 후회할 만한 일을 했다면 그건 각자가 스스로에게 용서할 수 있을 뿐이에요."

"그렇소, 베라, 당신 말이 백번 맞아요! 당신이 그렇게 말하는 것을 듣고 있으면 당신이란 사람이 얼마나 유일무이한 존재인지 비로소 알게 됩니다. 결혼 안한 거, 정말 잘했어요. 베라, 정직함은 결혼 생활을 영위하는 데 너무 지나치게 훌륭한 미덕입니다. 당신과 같이 살다보면 나뿐만이 아니라 다른 어떤 남자도 다 거짓말쟁이가 되지 않을 수 없었을 거요……"

레오니다스의 마음속에서는 여자들이 결코 뿌리칠 수 없는 매력적인 남자의 면모를 보이고 싶다는 생각이 올라오고 있었다. 이제는 베라를 끌어안을 용기를 낼 수 있을 것 같았다. 그러나 그는 그 대신 슬픔을 하소연하는 게 낫다고 생각했다. "난 나 자신을 단 한 번도 용서하지 않았고 앞으로도 절대, 절대 용서하지 않을 거요……"

그러나 그는 이 말을 마치기도 전에 이미 자기 자신을 영원히 용서했다. 그리고 양심의 식탁 위에 놓인 죄를 말소시켰다. 그랬기 때문에 그의 말은 너무도 기쁘게 들렸다. 보름서 양은 가벼운 동작으로 그에게서 손을 뺐다. 그런 다음 탁자 위에 놓인 핸드백과 장갑을 집어 들었다.

"이제 가야겠어요." 그녀가 말했다.

"베라, 몇 분만 더 있다 가도록 해요." 그가 속삭였다. "우린 이 생에서 다시는 못 만나게 될 테니까요. 당신이 내게 준 모든 선물들에다 아름다운 이별이라는 선물을 더해주면 좋겠소. 그러면 나는 죄를 완전히 사면 받은 사람으로서 우리의 이별을 두고두고 기억할 수 있을 거요……"

그녀는 여전히 옆쪽을 바라보고 있었지만 장갑 단추를

잠그던 동작을 잠시 멈췄다. 그는 안락의자의 팔걸이에 걸 터앉아 그녀의 얼굴을 보기 위해 고개를 들어 그녀 쪽을 향했다. 그의 얼굴이 그녀의 얼굴에 지금까지보다 더 가까이 다가갔다.

"사랑하는 베라, 난 십팔 년 전부터 단 하루도 가슴을 앓지 않은 날이 없었어요. 당신 때문에 그리고 나 때문에……"

이 고백은 더 이상 진실과도 그리고 허위와도 아무 상관이 없었다. 그것은 구제 받았다는 느낌과 향기로운 애수 사이에서 날개를 흔드는 멜로디 이외의 다른 것이 아니었다. 이 두 가지 느낌은 서로를 방해하거나 억누르지 않으면서 그를 가득 채웠다. 그토록 그녀의 얼굴에 가까이 가 있으면서도 그는 베라가 갑자기 얼마나 창백하고 피곤해 보이는지 전혀 눈치채지 못했다. 베라는 이제 장갑의 단추들을 다 채웠다. 그리고 핸드백을 이미 겨드랑이에 끼고 있었다.

"지금 서로 헤어지는 게 더 낫지 않겠어요?"

그러나 레오니다스는 베라의 말을 듣고도 자기가 하던 말을 중단하지 않았다.

"사랑하는 베라, 난 오늘 하루 종일 매시간 당신 생각을 하며 보냈어요. 당신 생각은 오늘 아침부터 내 마음속에 들어 있는 유일한 생각이었어요. 그걸 알고 있소? 그리고 몇 분 전까지만 해도 난 엠마누엘이 당신과 나 사이에 생긴 아들이라고 굳게 믿고 있었어요. 그리고 난 엠마누엘 때문에 자진해서 퇴직을 할 생각까지 했어요. 아내한테 이혼을 요구한 후 지금까지 살아왔던 더할 수 없이 편안한 집을 떠나 너무 늦기 전에 새로운 인생, 힘든 인생을 시작하겠다는 결단을 내리기 바로 직전인 상태였어요……"

베라의 대답에서는 옛 시절 그녀의 목소리에 늘 들어 있던 진짜 조롱이 처음으로 배어 나왔다. 그러나 그 조롱 섞인 말투는 옛날과는 달리 지칠 대로 지친 끝에 나오는 것처럼 들렸다.

"차관님, 그런 결단을 내리신 게 아니라 바로 직전에 그치셨으니 얼마나 다행입니까."

레오니다스는 이제 자기 자신을 더 이상 억제할 수 없었다. 그의 입에서 고백이 쏟아져 나왔다.

"베라, 십팔 년 전부터, 내가 기차 창밖으로 당신과 마지막 이별의 악수를 나누고 떠난 뒤부터 난 무슨 일이 일어났을 거라고 변함없이 믿어왔어요. 당신과 나 사이에 아이가 있다고 굳게 믿어왔단 말입니다. 어떨 때는 이 확신이 아주 강했고 어떨 때는 아주 오랜 시간 점점 더 희미해지곤 했어요. 그리고 또 다른 때는 이 확신이 그저 잿더미 속에 숨은 불씨와도 같았어요. 그렇지만 이 확신은 나를 당신과 떼려야 뗄 수 없게, 당신이 짐작하는 것보다 더 단단히 묶어주 었어요. 당신을 배신한 비겁함 때문에 나는 당신과 연결되 어 있었어요. 물론 그 비겁함 때문에 나는 당신을 찾아 나 서지 못했지만 말이오. 베라, 당신은 분명 오래전부터 내 생각을 더 이상 하지 않았을 겁니다. 하지만 나는 거의 날 마다 당신 생각을 했어요. 두려움에 떨면서 그리고 양심의 가책에 시달리면서 그랬지만 말입니다. 내가 당신을 배신 한 일은 내 인생의 가장 큰 슬픔이었소. 난 당신과 기이하 게 결합된 상태로 살아왔어요. 드디어 이 사실을 고백할 수 있게 되었군요. 오늘 아침에 나는 비겁함 때문에 당신의 편 지를 하마터면 읽지도 않고 찢어버릴 뻔했어요. 예전에 상 트 길겐에서 받은 당신 편지를 비겁하게 읽지도 않고 찢어 버렸듯이 말이에요……"

이 말을 마치자마자 레오니다스는 스스로에게 너무 놀란 나머지 몸이 뻣뻣해졌다. 그러고 싶지 않았는데도 불구하 고 그는 자기 영혼의 맨 밑바닥에 놓여 있던 진흙창까지 적 나라하게 드러내 보이고 말았던 것이다. 느닷없는 수치심 이 빗처럼 그의 목덜미를 쓸어대고 있었다. 왜 적당한 때에 요령껏 이 방을 떠나지 않고 머뭇거리다가 이 지경까지 오 게 되었는가? 도대체 어떤 악마가 이런 고백을 하라고 그 를 부추겼는가? 그는 창문 쪽을 바라보았다. 창문 뒤에서는 지금 막 아크등이 불꽃 소리를 내며 켜지고 있었다. 이슬비가 다시 내리고 있었다. 미세한 빗방울들이 모기떼처럼 춤을 추면서 둥근 아크등 주위를 맴돌고 있었다. 베라 보름서 양은 꼼짝도 하지 않고 그 자리에 서 있었다. 방안은 이미 완전히 어두워졌고 그녀의 얼굴은 이제 희미한 빛에 지나지 않았다. 그녀에게 등을 돌리고 앉아 있던 레오니다스는 어둠 속에 사라진 그녀의 존재가 마치 여자 사제와도 같다는 느낌을 받았다. 그러나 처음과 마찬가지로 여전히 사무적이고 냉정한 그녀의 목소리는 바로 옆에서 들리는데도 불구하고 멀어진 것처럼 여겨졌다.

"그때 상트 길겐에서 제 편지를 읽지 않은 건 차관님한테 참 편리한 일이었지요." 그녀가 말했다. "그 편지, 실은 써서는 안 될 편지였어요. 그렇지만 아이가 죽었을 때 난 정말 완전히 혼자였고 그 누구의 도움도 받지 못하는 상태였어요……"

레오니다스는 고개를 돌리지 않았다. 그의 몸이 갑자기 마치 나무로 만들어진 것처럼 느껴졌다. '뇌수막염'이라는 단어가 떠올랐다. 그래, 바로 그해 뇌수막염이라는 전염병이 잘츠부르크 지역에서 많은 어린아이의 생명을 앗아갔지. 무슨 이유에서인지는 모르지만, 당시에 일어났던 이 일이 그의 기억 속에 뚜렷하게 각인되어 있었다. 나무로 만들어진 몸이었는데도 불구하고 그의 두 눈이 울기 시작했다. 그는 아무런 아픔도 느끼지 않았다. 그보다도 한 번도 겪어보지 못한 낯설디낯선 당혹감이 찾아들었고 거기에 덧붙여 어떻게 설명할 수 없는 느낌 때문에 그는 창문 쪽으로 한 걸음 내딛지 않을 수가 없었다. 그랬기 때문에 베라의 목소리는 더욱 멀어졌다.

"작은 사내아이였어요." 베라가 말했다. "두 살 반. 돌아가신 아버님의 이름을 따라 요셉이라는 이름을 지어주었어요. 유감스럽게도 아이에 대한 이야기를 결국 하고 말았군요. 아이 이야기는 하지 않겠다고, 당신한테는 하지 않겠다고 굳게 결심했었는데 말예요. 당신은 아이 이야기를 들을 권리가 없거든요……"

나무로 된 인간은 창밖을 뚫어지게 쳐다보고 있었다. 시간이 공허하게 흐르고 있다는 것 외에는 아무것도 느껴지지 않았다. 그는 상트 길겐 마을 성당 묘지의 땅속 깊은 곳을 들여다보고 있었다. 산마을의 고독하고 견디기 힘든 가을, 그곳 검고 축축한 진흙창 속에 그에게서 난 아이의 자잘한 뼈들이 이리저리 흩어진 채 놓여 있었다. 최후의 심판의 날까지 그 뼈들은 거기에 놓여 있을 터였다. 그는 무슨 말이든 하고 싶었다. 예를 들어 이런 말, "베라, 난 오직 당신만을 사랑했어요!" 아니면, "나랑 다시 한 번 시작해보겠소?" 그 모든 말들은 그저 가소롭고 어리석기 짝이 없었으며 거짓이었다. 그는 단 한마디의 말도 하지 않았다. 눈이 따끔거리며 아팠다. 한참 뒤에 그가 몸을 돌렸을 때 베라는 이미 그 자리를 떠나고 없었다. 어두운 공간에 그녀의 흔적은 단 한 가지도 남아 있지 않았다. 탁자 위에 놓인 열여덟 송이의 부드러운 장미꽃만이 아직 조금의 빛을 간직하고 있었다. 어둠 때문에 용기를 얻었는지 장미꽃은 두루뭉실하고 약간은 바랜 듯한 향기를 아까보다 더 진하게 뿜어내고 있었다. 레오니다스는 베라가 자기가 선물한 장미꽃을 잊어버렸다는, 혹은 업신여겼다는 사실 때문에 괴로워했다. 그는 호텔 직원에게 가져다주려고 탁자에 놓여 있던 꽃병을 들어 올렸다. 그러나 문가에서 그는 생각을 고쳐먹고 장례식에 쓰여야 할 이 꽃들을 칠흑 같은 어둠 속으로 다시 가져다 놓았다.

7장

잠 속에서

레오니다스는 오페라하우스 특별석에서 아멜리 뒤에 서서 그녀의 머리 쪽으로 몸을 굽혔다. 아멜리의 머리카락은 그녀가 미용사의 고데용 니켈 헬멧 아래에서 장시간 고생한 보람으로 비물질적인 구름처럼, 짙은 금색의 연기처럼 그녀의 머리를 휘감고 있었다. 아멜리의 찬란한 등과 흠 한 점 없는 두 팔은 맨살이었다. 가느다란 두 개의 어깨끈만이 부드러운 우단으로 만든 초록색 옷을 붙들고 있었다. 그 옷은 오늘 아멜리가 처음으로 입은 새 옷으로 파리에서 사들여온 값비싼 디자인이었다. 그랬기 때문에 아멜리의 기분은 상당히 고조되어 있었다. 자신감에 넘쳐 있던 그녀는 레온 역시 그녀의 눈부신 자태를 보고 기분이 아주 좋은 상태일 거라고 믿었다. 그녀는 그를 잠깐 살펴보았다. 그녀의 눈에 들어온 것은 눈부신 연미복 가슴 위에 구겨진 잿빛 얼굴을 나사로 죄어 얹어놓은 듯한 우아한 남자의 모습이었다. 그녀의 얼굴에 놀람과 당황의 그림자가 비쳤다. 무슨 일이 일어난 것일까? 영원히 늙지 않을 남자, 왈츠를 그 누구보다 잘 추는 남자가 점심과 오페라가 열리는 저녁 시간 사이에 점잖은 늙은 신사가 되어버린 것일까? 눈을 껌뻑거리면서 입가가 아래로 처져 있는 그의 모습은 황혼에 다다른 인생의 피곤함을 억누르지 못하는 것 같다는 인상을 안겨주지 않는가?

"아, 불쌍한 우리 남편, 오늘 일이 무척 힘들었나 봐요?" 아멜리는 그렇게 물었지만 곧 정신을 딴 데 팔고 있었다. 레오니다스는 신바람과 냉소가 섞인 표정을 지어 보이려고 부지런히 연습을 하는 중이었다. 그럼에도 그 미소를 도무지 지어 보일 수가 없었다.

"뭐 일부러 이야기할 만큼 힘든 날은 아니었어, 여보. 겨우 회의 하나 참석했으니까. 그것 말고는 오후 내내 아무일도 하지 않고 빈둥빈둥 게으름만 피웠다고……" 대리석처럼 매끈한 등을 드러낸 아멜리가 그를 사랑스럽게 쓰다듬으며 말했다. "내가 바보 같은 이야기를 늘어놓아서 마음의 평정을 완전히 잃어버린 거예요? 내 탓이에요? 그래요, 레온, 당신 말이 맞아요. 이 모든 안 좋은 일은 내 다이

어트 때문인 게 확실해요. 하지만 곧 서른아홉 살이 될 텐데, 이루 말할 수 없이 아름다운 이중 턱에 투실투실한 엉덩이 그리고 피아노처럼 뚱뚱한 두 다리로 뒤뚱거리며 인생의 길을 걷고 싶지 않아요. 그러니 어떻게 해야겠어요? 당신이 좀 말해봐요. 아름다움을 광신하는 당신은 그런 뚱뚱한 아내는 고맙지만 아니올시다, 그럴 게 분명해요. 다른 사람한테 말하지 않겠다는 조건으로 당신한테 털어놓는데 말예요, 지금 벌써 어떤 특별한 디자인은 이곳저곳을 조금씩 고치지 않으면 거의 입을 수가 없게 되었다고요. 난 말예요, 운이 없어서 당신이 좋아하는 아니타 호요스처럼 팔다리가 가느다란 인형처럼 태어나질 못했어요. 남자들은 우리 여자들한테 정말 불공평해요. 당신이 더 많은 관심을 가지고 내 영혼을 돌보아주었더라면 난 지금 이런 막무가내 왈짜가 되지는 않았을 거예요. 그보다는 당신처럼 빈틈없이 예의 바르고 민감하고 또 홀딱 반할 정도로 수줍어하는 여자가 되어 있을 거라고요……"

레오니다스는 쓸데없는 말은 그만 하라는 듯 손을 내저었다. "점심시간에 일어난 일 때문에 걱정하지 마! 훌륭한 고해성사 신부님은 고해한 사람의 죄를 잊는 법이니까……"

"내가 그토록 솔직하게 털어놓은 마음속 괴로움을 당신이 그렇게 빨리 잊어버린다면, 그것도 실은 맘에 안 들어요." 그녀는 잠깐 뾰로통해 있더니 곧 다시 고개를 다른 데로 돌렸다. 오페라글라스를 눈에 대고 말이다.

"오늘은 오페라하우스가 정말 굉장해요!"

그녀의 말대로 오페라하우스는 오늘 정말 굉장했다. 높은 지위의 사람들, 유명한 사람들이 모두 다 이날 저녁 이곳으로 모였기 때문이다. 외국의 저명인사가 오늘 이곳으로 올 예정이었다. 그리고 사람들의 인기를 독차지하고 있던 오페라 여가수가 미국으로 휴가를 떠나기 전에 청중들에게 작별 인사를 하기로 되어 있었다. 아멜리는 인사를 가득 담은 미소를 지칠 줄 모르고 사방에 그물 던지듯 던졌으며, 또 그녀의 미소에 답하는 사람들이 많다는 데 대해 한없이 만족하는 얼굴로 내던진 만큼이나 많은 답례의 미소를 거둬들이고 있었다. 트로이의 첨탑에 앉아 싸움터에 몰려온 중요 인물들을 내려다보던 헬레네처럼 아멜리는 오페라글라스를 눈에 대고 그녀의 눈에 띄는 유명인사들의 이름을 일일이 레오니다스에게 알려주었다. 그것은 참으로 속물적인 행동이었다.

"츠비에티츠키 부부가 일층 특별석 삼번에 앉아 있어요. 공주님이 벌써 두 번이나 나한테 손을 흔들어 인사를 보냈어요. 레온, 왜 답례 인사를 안하는 거예요? 그 옆에 뵈젠바우어 부부가 앉아 있네요. 지난번에 우리 저 사람들한테 아주 못되게 굴었어요. 이달 안에 초대해서 작게라도 브리지 카드놀이를 하도록 해요. 당신 제발 저 사람들한테 좀 친절하게 굴도록 하세요. 영국 대사께서도 우리 쪽을 쳐다보네요. 레온, 대사가 우리한테 인사했다는 사실을 당신은 꼭 알고 있어야 해요. 정부 요인 특별석에는, 맙소사, 저 거대한 드럼통이 앉아 있네. 슈피텔베르거 부인 말예요. 털 스웨터를 입고 온 것 같아요. 당신은 내가 저런 꼴이면 절대 좋아하지 않을 거예요. 그러니 굶어가면서 살 안 찌려고 남모르게 노력하는 나의 영웅적인 용기를 존경해야 한다구요. 토레-포르테차 부부도 우리한테 손을 흔드네요. 젊은 후작 부인은 정말 얼마나 예쁜지 몰라. 근데 나보다 세 살이나 더 많아요. 그래요, 레온, 당신은 나한테 정말 감사해야 한다고요……"

레오니다스는 얼굴에 빈정대는 듯한 미소를 띠고 사방을 향해 가볍게 몸을 굽혀 인사를 했다. 그는 맹인들이 자기들 앞에 서 있는 사람들의 이름을 누가 귀에 속삭여줄 때 그러듯이 일정한 상대를 겨냥하지 않고 그냥 되는 대로 인사를 했다. 파라디니 집안사람들은 정말 못 말리겠구나. 그런 생각이 불쑥 그의 머릿속을 파고들어왔다. 그러나 그는 자기 자신도 평소 아멜리와 전혀 다르지 않게 귀족들의 이름을 한꺼번에 들을 경우 온몸에 기분 좋은 느낌이 구석구석

퍼져나가곤 했다는 사실을 잊고 있었다. 그는 생각날 때마다 행복한 줄 알라고 자기 자신에게 거듭거듭 요구했다. 모든 문제가 생각했던 것과는 전혀 달리 정말 훌륭하게 해결되었으니 말이다. 어려운 고백을 할 필요도 없어졌고, 어려운 결단 역시 더 이상 내릴 필요가 없게 되지 않았는가. 간단히 말해서, 그의 혼탁한 비밀은 이제 이 세상에서 제거되었고, 이제부터는 그 어느 때보다 더 자유롭고 더 편하게 살 수 있게 되었다. 그러나 유감스럽게도 그는 자기 스스로에게 한 행복하라는 요청에 응할 수가 없었다. 심지어 그는 터무니없게도 엠마누엘이 자기 아들이 아니라는 사실 때문에 괴로워했다. 그는 아들 하나를 잃어버렸다. 아아, 엠마누엘이 십팔 년 전 상트 길겐에서 뇌수막염에 걸려 죽은 어린 요셉 보름서가 그새 자라 거의 어른이 되어 나타난 것이라면 얼마나 좋을까! 레오니다스는 스스로를 어찌할 수가 없었다. 그의 머릿속에서는 기차가 요란한 소리를 내며 달리고 있었다. 그리고 이 기차를 타고 베라는 더 이상 숨을 쉴 수 없는 나라를 빠져나가 숨 쉴 수 있는 나라를 향해 가고 있었다. 이 주제넘은 유대인들이 숨을 쉴 수 없다는 나라들에서 엠마누엘의 아버지와 같은 고도의 지성인들이 결국 죽게 될 정도로 고문을 당한다는 사실을, 그것도 아무도 그런 일에 상관하지 않는다는 사실을 과연 누가 상상이

나 했겠는가? 그건 소름끼치는 헛소문이 분명해. 난 그런 이야기를 믿을 수가 없어. 베라는 진실 그 자체인 사람이지만 난 그런 이야기를 믿고 싶지 않아. 아니, 그런데 왜 이러지? 나 역시 여기서 숨을 쉴 수가 없는 것 같으니 말이야. 어떻게 이럴 수가? 빈에서 태어나고 자란 내가 여기서 숨을 쉴 수가 없다고? 그런 일은 부디 사절하고 싶군. 서둘러 심장 검진을 받는 게 최선책이지 않을까. 모레가 좋겠지. 아무도 모르게 검진을 받아야겠어. 그래야 아멜리가 그 사실을 모르고 지낼 테니까. 존경해 마지않는 동료이신 스쿠테츠키 씨, 난 리히틀 교수를 찾아가 참배할 생각이 없어요. 승리했다고 의기양양해할 평균 수준밖에 되지 않는 그 의사한테는 안 가겠다는 말이오. 그보다도 나는 뻔뻔하게 (유대인) 알렉산더 블로흐 교수한테 갈 거요. 하지만 그 전에, 내일 아침 일찍 빈젠츠 슈피텔베르거 장관을 찾아가야겠다. 가서 이렇게 말해야지. 어제 제가 그렇게 까다롭게 굴어서 정말 죄송합니다. 부디 용서하시길 바랍니다. 장관님의 제안에 대해 밤새 여러모로 잘 생각해보았습니다. 장관님께서는 여느 때와 마찬가지로 전혀 풀릴 것 같지 않는 문제에 아주 간단한 해결책을 발견하셨습니다. 여기 블로흐 교수에게 수여할 공로훈장 신청서와 리히틀 교수 임명서를 작성해서 가져왔습니다. 우리는 이제 국제적인 과대선전에 맞서 자국 출신 인물들을 고려하고 또 그들을 선택해야 한다고 봅니다. 장관님께서는 이런 일을 정말 신속하게 처리하는 분이시니, 오늘 열리는 내각 회의에 가셔서 수상께서 이 두 가지 서류에 서명하시도록 조치하실 거라고 믿습니다. 고맙소, 차관, 고마워요! 차관이야말로 교육부에서 내가 믿고 의지할 만한 유일한 사람이라는 사실을 난 단 한순간도 의심해본 적이 없어요. 우리끼리만 하는 말인데, 내가 조만간 수상 관저로 옮겨가게 되면 내 차관을 대통령제 지지자로 삼아 데려가겠으니, 그리 알고 있어요. 어제 일 때문에 걱정할 필요 없어요. 날씨 때문에 신경이 약간 약해져 있었을 뿐이니까. ─그래, 그놈의 날씨 때문이었지. 사나운 날씨 탓이었어. 라디오에서 들은 일기 예보가 아직도 레오니다스의 귓가를 맴돌았다. 오페라하우스에 오려고 옷을 갈아입고 있을 때 그는 라디오를 켰었다. "오스트리아에 우울증이 덮쳐옵니다. 사나운 날씨가 다가오고 있습니다." 그가 숨을 쉴 수 없는 것은 바로 날씨 탓이었다. 레오니다스는 여전히 기계적으로 사방을 향해 고개를 끄덕였다. 아멜리 마음에 들기 위해 미리 인사를 해두는 것이었다.

아멜리가 오늘 오페라에 초대한 손님들이 나타났다. 남자는 연미복을 입고 있었고 여자는 까만색과 은색이 섞인 야회복에 금속과 같은 야회용 외투를 걸치고 있었다. 손님인 여자와 아멜리가 서로를 반갑게 껴안았다. 레오니다스는 향수 냄새가 나고 몇 개의 검버섯이 피어 있는 통통한 손에 입을 맞추었다. 야윈 손이여, 부서질 듯 가냘픈 손가락에 결혼반지도 끼지 않은 씁쓸하고도 달콤한 손이여! 아아, 그대는 지금 벌써 어디까지 가 있는가?

"부인께서는 뵐 때마다 젊어지십니다."

"차관님, 제가 차관님 말씀대로 계속 젊어진다면 다음에 우리가 만날 때쯤에는 갓난아이가 되어 있지 않을까요?"

"여보게, 뭐 새로운 소식 없나? 높은 자리 정치가들은 요즘 뭐라고 하시나?"

"하느님께 감사하게도 나는 정치와 아무런 상관이 없습니다. 난 그저 평범한 교육가일 뿐이에요."

"친애하는 차관, 자네까지도 이렇게 무슨 비밀인지 모르겠지만 감추고 말하지 않는 것처럼 보이니, 요즘 정세가 상당히 골치 아프지 않나 싶군그래. 난 영국과 프랑스가 우리 오스트리아가 처해 있는 상황을 참작하기를 바라고 있네. 그리고 미국도 역시, 특히 미국이 그랬으면 좋겠어. 우리 오스트리아는 그래도 중유럽에서 문화를 지키는 마지막 요새니까……"

손님의 이 말이 레오니다스의 심사를 건드렸는데, 자신

도 그 이유를 알 수가 없었다.

"문화를 가지고 있다는 것은……" 그가 갑자기 격분하여 말했다. "달리 표현하자면 곧 정신이 좀 이상하다는 뜻이에요. 여기 모인 우리 모두는 다 정신이 약간 이상한 사람들입니다. 안 그래요? 난 어떤 정치 세력이 우릴 도와줄 거라고 믿지 않습니다. 가장 강력한 세력도 안 도와줄 거에요. 돈 많은 미국 사람들은 여름에 좋아라고 잘츠부르크로 몰려옵니다. 그러나 오페라를 보러 오는 사람들이 우리와 동맹을 맺은 사람들은 아니에요. 외부에서 강한 어떤 세력이 밀고 들어와 우리를 개혁하기 전에 우리 스스로 잘못을 알아보고 개혁할 수 있을 정도로 우리가 강한지 여부에 만사가 달려 있다고 봅니다……"

말을 마치고 나서 그는 한숨을 푹 내쉬었다. 자기 스스로 강하지 않다는 사실을 분명하게 알고 있었기 때문이었으며 오전의 회의 시간에 증오에 가득 찬 눈으로 그를 쳐다보던 얼굴이 퉁퉁 부은 젊은 동료의 희미한 얼굴이 그의 눈앞에서 어른거리기 시작했기 때문이었다.

우레와 같은 박수갈채가 들려왔다. 외국의 저명인사가 오스트리아 사람들에게 둘러싸여 특별석의 난간으로 다가왔다. 홀이 어두워졌다. 지휘대의 고독한 불빛을 받던 지휘자가 옆얼굴을 결연히 긴장시킨 후 두 팔을 독수리의 거대한 날개처럼 펴 올렸다. 독수리는 자기 자리를 떠나지 않은 채 규칙적인 박자로 열광할 근거도 없는데 열광하는 오케스트라 위에서 날개를 퍼덕거렸다. 오페라가 시작되었다. 예전에 난 이렇게 오페라 감상하는 일을 아주 좋아했지. 남자 역할을 맡은 상당히 뚱뚱한 여자 성악가가 그보다 더 뚱뚱한 프리마돈나의 호화로운 침대에서 뛰어나왔다. 시대적 배경은 18세기. 나이가 많은 프리마돈나는 우울한 얼굴이었다. 남자 역할을 맡은 여자 성악가는 사내아이처럼 몸을 이리저리 흔들며 쟁반 위에 아침 식사용 초콜릿을 얹어 들고 들어왔다. 역겹다, 역겨워. 레오니다스는 그렇게 생각했다.

그는 발뒤꿈치를 들고 살금살금 특별석 뒤쪽으로 걸어갔다. 그곳에서 그는 붉은색 벨벳이 입혀진 긴 의자 위에 무너지듯 주저앉았다. 그리고 맘껏 하품을 했다. 만사가 정말 훌륭하게 진행되었구나. 베라와의 일은 이제 완전히 지워져 흔적도 없게 되었어. 그 여자, 정말 믿기 어려울 정도로 대단한 여자야. 단 한마디 말로도 내 잘못을 주장하지 않았으니 말이야. 악마의 부추김을 받은 내가 값싼 감상에 젖지만 않았더라면 난 아이에 대한 이야기를 단 한 가지도 듣지 못했을 것이다. 단 한 가지도! 그리고 우리는 흠잡을 데 없는 자세로 서로 헤어졌을 거였다. 안타깝다, 안타까워! 진실을 알게 되지 않았더라면 지금 내 마음이 더 편안할 텐데! 사람이란 어느 누구도 두 가지 인생을 살 수 없는 법이다. 적어도 나는 이중생활을 할 힘이 없는 사람이야. 아멜리는 내가 그럴 수 있는 사람이라고 생각하지만 말이다. 착하고 사랑스러운 아멜리는 우리가 만난 첫날부터 나를 과대평가했어. 잊기로 하자. 이미 너무 늦었어. 그리고 앞으로는 거창한 개혁이니 뭐니 하는 주책없는 말들은 다시는 하지 말아야 해. 개혁은 무슨 망할 놈의 개혁! 나는 어두운 철학자 헤라클레이토스도 아니고 지적인 이스라엘인도 아니야. 난 격언에 담긴 교훈 같은 건 전혀 모르는 관리에 불과하다고. 나 역시 다른 모든 관리들처럼 미련한 나귀라는 사실을 도대체 언제나 깨닫게 될 것인가? 사람은 만족할 줄 알아야 해. 이미 손에 넣은 것을 스스로에게 끊임없이 명심하게 하면서 살아야 하는 법이야. 이 훌륭한 오페라 하우스에는 이 나라 상류 계층에 속하는 천여 명의 사람들이 모여 앉아 있다. 그런데 나는 그중에서도 최상류 계층에 속하는 백여 명 중의 한 사람이야. 난 저 밑바닥 출신이다. 난 인생을 정복한 사람이라고. 아버지가 그렇게 일찍 돌아가시고 나자 어머니와 우리 오남매는 단 천이백 굴덴의 연금으로 연명해야 했어. 삼 년 후에 불쌍한 어머니마저도 돌아가시자 그 연금마저도 더 이상 받을 수가 없었지. 그렇지만 난 몰락하지 않았어. 남의 집 가정교사로 일하면서 대학을 다니던 사람들 중에 얼마나 많은 사람들이 가정교사 단계에서 머물렀는지 한번 생각해볼 일이야. 시골 학교의 교사가 되어 마을의 소위 명사들이 모이는 술집의 작은 별실 한 구석자리라도 차지하고 살겠다는 대담한 꿈마저도 못 이루고 만 사람들이 부지기수 아닌가? 그런데 나는? 친구한테 유산으로 물려받은 연미복 한 벌만 가지고 남들이 모두 인정하는 매력 만점의 젊은이, 왈츠를 소문나게 잘 추는 젊은이가 된 것은 오직 나 자신의 공이었어. 그리고 아멜리가 다른 남자는 마다하고 나와 결혼하겠다고 고집을 피운 것, 그리고 내가 차관 자리에 앉게 되었을 뿐만 아니라 훌륭한 신사가 된 것 역시 오직 나 자신의 공로야. 슈피텔베르거와 스쿠테츠키를 비롯한 내 동료들은 아주 정확하게 알고 있지. 내가 이 모든 허섭스레기에 매달릴 필요가 없는 사람이라는 걸, 손에 쥔 모든 것이 별것 아니라는 듯 살아가는 특별한 경우라는 사실을 말이다. 오랜 전통을 가진 존귀한 귀족 집안사람들인 츠비에티츠키 부부와 토레-포르테차 부부가 우리 쪽으로 미소를 보내면서 먼저 인사를 하지 않는가? 내일 아침 사무실에 나가 아니타 호요스한테 전화를 해서 오후에 차 마시러 가겠다고 알려야겠다. ―그런데 한 가지 알고 싶은 게 있어. 오늘 내가 내 어린 아들 때문에 정말 울었나? 아니면 울었다고 지금 와서 착각하고 있는 건가?

음악이 레오니다스 위에 점점 더 무겁게 내려앉아 그를 덮었다. 여자 성악가들의 목소리가 길고 높은 톤으로 서로 엇갈리고 있었다. 저렇게 오랫동안 과장을 계속하다니, 정말 지루하기 짝이 없군! 그는 잠이 들었다. 그러나 잠을 자면서 그는 자기가 잠을 자고 있다는 사실을 알고 있었다. 그는 공원 벤치에 앉아 잠을 자고 있었다. 10월의 해가 가벼운 소나기처럼 잔디 위에 빛을 뿌려주고 있었다. 유모차의 긴 행렬이 레오니다스 옆을 지나갔다. 자갈길 위에서 바퀴 소리를 내며 지나가는 하얀색 유모차들 안에서는 원인의 결과와 결과의 원인들이 잠을 자고 있었다. 원인과 결과들은 젖먹이처럼 볼록 튀어난 이마에 입술을 앞으로 쑥 내밀고 주먹을 불끈 쥔 채 어린이 특유의 깊은 잠을 자고 있었다. 레오니다스는 자기의 얼굴이 점점 더 건조해지는 것을 느꼈다. 오페라 보러 오기 전에 다시 한 번 면도를 했어야 했는데…… 만회하기에는 이제 너무 늦었어. 레오니다스의 얼굴은 가뭄으로 바싹 마른 숲 속의 넓은 빈터 같았다. 좁은 산길과 수렛길 그리고 마차길들이 이 빈터 쪽을 향해 천천히 서로 섞이면서 자취를 감추고 있었다. 이것이 벌써 사람을 죽게 만드는 병이 아닌가? 병이라는 것은 사실 사람이 살면서 저지른 죄과와 불가사의하게 논리적으로 상응하는 것이 아니고 무엇이겠는가? 끊임없는 흥분 상태에 놓여 있는 음악이 레오니다스 위에 얹어놓은 내리누르는 듯한 둥근 지붕 아래에서 잠을 자면서 그는 말로 표현할 수 없을 정도로 분명하게 알고 있었다. 자기가 오늘 구원의 기회를 제안 받았다는 사실을 말이다. 이런 성격의 제안들이 모두 다 그렇듯이 이 제안 역시 어둡고 목소리가 낮았으며 어딘지 확실하지가 않았다. 그는 자기가 그 제안을 받아들이는 데 실패했다는 사실을 알고 있었다. 새로운 제안이 다시는 반복되지 않으리라는 것 역시 그는 알고 있었다.

1940년 프란츠 베르펠은 아내 알마(작곡가 구스타프 말러의 미망인)와 함께 포르투갈의 리스본 항에서 미국으로 떠나는 배에 타고 있었다. 그때 두 사람은 분명 나치의 추적을 피해 유랑하던 2년이 넘는 고난의 시간을 되돌아보며 안도의 숨을 쉬었을 것이다. 베르펠은 유대인이기도 했지만, 정치적 입장 때문에도 나치 정권이 제거하고 싶어 한 인물들 중의 한 사람이었다. 1938년, 독일이 오스트리아를 병합하자 알마와 함께 외국에 머물고 있던 베르펠은 더 이상 빈으로 돌아갈 수가 없었다. 베르펠이 향한 곳은 아직은 나치의 손길이 미치지 못하고 있던 남프랑스의 사나리 쉬르 메르였다. 그러나 두 사람은 그곳에서도 오래 머무를 수가 없어 1940년 프랑스 남서쪽 피레네 산맥 아래에 있는 작은 마을 루르드로 피신했다. 루르드에서 베르펠은 나치의 추적으로부터 벗어나 무사히 유럽을 떠날 수 있게 된다면 루르드의 성녀인 베르나데트 수비루에 대한 책을 쓰겠노라고 맹세했다. 하인리히 만, 골로 만 등 몇몇 다른 유대인들과 함께 도보로 피레네 산맥을 넘어 당시 중립국가인 스페인을 거쳐 포르투갈에 당도한 베르펠 부부는 미국으로 가는 거의 마지막 기회를 붙잡는 행운을 얻었다. 베르펠은 미국에 거주하면서 루르드에서의 서약을 실천에 옮겨 1941년 『베르나데트의 노래』를 집필했다. 이미 세계적으로 유명한 시인이자 소설가였던 베르펠은 미국에서 어렵지 않게 자리를 잡았으며, 1941년에는 미국 시민권을 얻게 된다.

1890년 체코 프라하에서 장갑 공장을 소유한 부유한 사업가의 아들로 태어난 프란츠 베르펠은 고등학교 시절에 이미 시를 발표하기 시작했다. 함부르크에 있는 운송회사에서 수습사원으로 사회생활을 시작한 베르펠은 얼마 뒤 라이프치히의 한 출판사에 들어간다. 출판사 편집자로 일하는 틈틈이 시 창작에 매진하여 1912년부터 1915년까지 3년 사이에 『세상 친구(*Der Weltfreund*)』, 『우리는(*Wir sind*)』, 『서로(*Einander*)』 등 세 권의 시집을 펴내는데, 탁월한 표현주의 시인의 출현이라는 평을 얻는다. 라이너 마리아 릴케는 베르펠을 '다음 세대'를 이끌 위대한 시인으로 일컫기도 했다. 그의 시에서는 가난한 사람들, 권리를 박탈당한 사람들에 대한 진솔한 연민이 범신론적 세계관과 함께 분명하게 드러나고 있다. 일차 세계대전이 발발하자 베르펠은 지금의 우크라이나에 속하는 동 갈리시아 전선에 참전한다. 1933년에 펴낸 소설 『무사 닥에서의 사십 일간』에는 이때의 경험이 투영되어 있다.

베르펠에게 세계적 명성을 안겨준 첫 소설은 『베르디. 오페라 소설』(1924)이다. 음악가 베르디에 대한 깊은 존경과 사랑으로 쓰여진 이 소설은 오페라 역사상 위대한 작품으로 꼽히는 「오델로」가 작곡된 과정을 담고 있다. 이후 미국으로 망명하기 전까지 그는 『고등학교 동창회』(1928), 『바바라 혹은 깊은 신앙』(1929), 『나폴리의 형제자매』(1931), 『무사 닥에서의 사십 일간』(1933), 『예레미야. 주님의 목소리를 들으라』(1937), 『횡령된 천국』(1939) 등 많은 장편소설을 썼다. 베르펠은 희곡 작가로도 명성이 높았는데, 1944년에 발표한 『야코봅스키와 대령』은 여러 차례 영화로 만들어지기도 했다.

미국 망명 후 베르펠에게는 시간이 많이 남아 있지 않았다. 베르펠은 1945년 8월 26일, 54세를 일기로 세상을 떠났다. 심장마비였다. 죽기 전『베르나데트의 노래』가 배우 제니퍼 존스의 출연으로 영화화되면서 널리 알려졌고, 여러 나라 언어로 번역되었다. 반면, 죽기 이틀 전에 완성했던 이상향을 다룬 소설『태어나지 않은 이들의 별』은 거의 잊히고 말았다.

시인으로 활동하다가 소설을 쓰게 된 데는 무엇보다 아내 알마의 격려와 뒷받침이 컸다고 한다. 베르펠은 친구에게 이렇게 털어놓은 적이 있다. "알마를 만나지 않았더라면 난 백여 편의 시를 쓰고 그냥 그것으로 만족하고 말았을 거야. 알마가 없는 내 인생, 그건 한마디로 상상 불가능해."

『옅푸른색 잉크로 쓴 여자 글씨』는 미국으로 망명한 지 얼마 안 된 1941년에 완성하여 발표한 작품으로,『킨들러의 새 문학사전(Kindlers Neues Literaturlexikon)』은 이 소설을 베르펠의 가장 뛰어난 작품들 중의 하나라고 평가하고 있다.

1936년 10월의 어느 날 아침, 오스트리아 교육부 차관이며 얼마 전 50세 생일을 맞은 레오니다스는 자신의 지난 세월을 되돌아본다. 가난한 고등학교 라틴어 선생의 아들로 태어나 가정교사 노릇을 하며 겨우 대학 공부를 하던 시절, 그는 기이한 인연으로 기숙사 옆방의 유대인 친구로부터 새것이나 다름없는 연미복 한 벌을 물려받게 된다. 상류사회에 대한 커가는 동경과는 달리, 궁핍한 자신의 처지를 비관하며 열등감에 시달리던 레오니다스는 이 연미복을 입고 무도회에 갈 기회를 얻는다. 타고난 춤 솜씨와 잘생긴 외모 덕분에 그는 빈 상류사회의 문턱을 넘는 데 성공하고, 부잣집 딸들의 열렬한 구애의 대상이 되기에 이른다. 빈에서 가장 부유한 집안의 딸인 아멜리가 레오니다스에게 반하게 되고, 아멜리는 집안의 반대를 물리치고 레오니다스와의 결혼을 관철시킨다.

아멜리와의 결혼과 함께 레오니다스에게는 세상을 향한 문이 더 활짝 열린다. 승승장구 출세 가도를 밟아온 그는 지금 오스트리아 최고위 관료 중 한 사람이며, 누구나 인정하고 존경하는 상류사회의 일원이기도 하다. 한때 그를 사로잡았던 열등감은 잊힌 과거가 되었다. 그런데 10월의 어느 아침, 한 통의 편지가 견고하게만 보이던 그의 행복한 성채에 날아든다. 그는 생일 축하 편지들 사이에서 옅푸른 색 잉크로 쓰여진 여자 글씨를 발견하고 충격에 휩싸인다. 이 편지는 오랜 세월 안정된 궤도를 달려온 레오니다스의 삶을 뿌리째 뒤흔든다. 베르펠은 단 하루, 레오니다스의 내부에서 전개된 균열과 갈등, 자기기만의 심리적 곡예를 놀랍도록 생생하게 그려낸다. 18년 전 과거로부터 날아온 한 통의 편지는 한 인간의 위선과 가면을 벗기는 데 그치지 않고, 반유대주의와의 연루라는 당시 유럽 사회의 근본적 죄의식을 건드리는 데까지 나아간다.

나치가 인종주의, 반유대주의의 병적이고 잔인무도한 이념을 실천에 옮기는 과정에서 정권의 선동에 현혹된 적극적 지지자들의 참여 못지않게 나치에 대한 저항을 포기하고 수수방관했던 나약한 기회주의자들의 간접적 동조 역시 큰 역할을 한 것이 사실이다. 오스트리아의 사정 또한 크게 다르지 않았다. 베르펠은 오스트리아가 독일에 병합되기 전 빈에서 이런 사람들, 이른바 '함께 달리는 사람들(*Mitläufer*)'을 무수히 경험했을 것이다. 이 책의 주인공 레오니다스 역시 그런 전형적인 기회주의자들 중의 한 사람이다. 게다가 그는 야비한 방법으로 애인을 저버린 '혼인빙자 사기꾼'이었으며, 아내에게도 신의를 지키지 못했다. 사생활에서 드러난 그의 이런 기회주의는 유대인을 공공연하게 배척하지는 않지만, 유대인들과의 접촉을 극도로 삼가는 그의 정치적인 자세에서도 분명하게 드러나고 있다.

베르펠은 레오니다스의 개인적인 문제들이 전체주의의 발흥이라는 당시의 정치적인 상황과 이어져 있는 착잡하고 어두운 국면을 예리하게 포착한다. 하지만 작가는 레오니다스의 마음속에서 일어나는 생각들을 더는 자세할 수 없을 정도로 흥미진진하게 묘사하되, 인물에 대한 도덕적인 단죄를 전면화하지는 않는다. 그 대신 참된 삶으로 거듭날 수 있는 기회를 놓쳐버리는 주인공을 냉정한 시선으로 지켜볼 뿐이다. 그 침묵의 시선 속에서 작가는 묻고 있는지도 모르겠다. 레오니다스가 상연하고 있는 자기기만과 위선의 극장에서 누가 자유로울 수 있는지를 말이다.

십여 년 전 이 작품을 처음 읽었을 때부터 언젠가는 한국어로 번역하고 싶다는 원을 세웠다. 많은 독일 친구, 친지들에게 이 책을 선물하기도 했다. 좋은 책을 읽게 해줘서 고맙다는 말을 들었고, 가장 아끼는 책이 되었다는 이야기도 들었다. 그럴수록 번역하고 싶은 마음은 더욱 커나갔다.

한국어를 전혀 못하면서도 늘 내 번역 실력을 믿는다고 말해주는 릴리(Lili)와 도리스(Doris), 내 소개로 이 책을 읽고 한국 독자들에게 꼭 알려야 한다며 용기를 북돋아준 크리스티네(Christine), 젊었을 때 베르펠의 책을 섭렵한 죄(?)로 몇 달간 내 번역의 어려움을 함께 고민하고 또 수많은 조언을 해준 남편 알베르트(Albert), 강출판사에 원고를 추천해주신 차병직 변호사님과 윤재왕 교수님, 출판을 맡아주신 정홍수 사장님께 깊은 감사의 마음을 표한다.

2016년 3월
햇빛 밝은 람파덴 언덕에서
윤선아

옅푸른색 잉크로 쓴 여자 글씨
Eine blassblaue Frauenschrift

1판 2쇄 발행 | 2016년 7월 7일

지은이 | 프란츠 베르펠
옮긴이 | 윤선아
펴낸이 | 정홍수
편집 | 김현숙 박지아
펴낸곳 | (주)도서출판 강
출판등록 | 2000년 8월 9일(제2000-185호)

주소 | 서울시 마포구 동교로17안길 21 (우 04002)
전화 | 02-325-9566
팩시밀리 | 02-325-8486
전자우편 | gangpub@hanmail.net

값 14,000
ISBN 978-89-8218-211-2   03850
이 도서의 국립중앙도서관 출판시도서목록(CIP)은 e-CIP 홈페이지(http://
www.nl.go.kr/ecip)와 국가자료공동목록시스템(http://www.nl.go.kr/kolisnet)에서
이용하실 수 있습니다.(CIP 제어번호: CIP2016010894)

표지 그림 Ferdinand Hodler 「Silence of the Evening」
작가 사진 오스트리아 국립 도서관 소장

design 여운